光文社文庫

文庫書下ろし／長編時代小説

本所寿司人情

夢屋台なみだ通り㈣

倉阪鬼一郎

KOBUNSHA

光　文　社

この作品は光文社文庫のために書下ろされました。

目次

第一章　霙《みぞれ》の日

一

その日は午後から霙になった。

どうやら止《や》みそうにない。大工の普請《ふしん》仕事は早じまいになった。

ここいらを縄張りとしているのは万組《よろずぐみ》だ。棟梁《とうりよう》の万作《まんさく》の名から一字を採った組で、半纏《はんてん》に染め抜かれた「万」は大工が材木を運ぶ洒落《しやれ》た図柄になっている。

その小粋な半纏をまとった大工が一人、首をすくめて長屋のほうへ向かった。

まだ若い大工の名は寿助《じゆすけ》だ。なみだ通りにほど近い長屋で、女房のおちかと、父親の寿司職人の寿一《じゆいち》とともに暮らしている。

「あっ、お帰り。今日は早じまい？」

その顔を見るなり、おちかが声をかけた。

「ああ。この空模様じゃ無理だからね。霙から雪に変わって積もるだろう」

寿助が答えた。

「なら、一緒に泪寿司《なみだずし》ね」

おちかが鍋の火加減を見ながら言った。

「そうだな。ほかのみなは相模屋《さがみや》で呑むみたいだけど」

寿助は答えた。

「べつに行ってもいいわよ」

おちかは笑みを浮かべた。

「まあそのあたりは様子を見て」

寿助も笑みを返した。

「代わりに、寿司をやってくれよ」

奥から寿一の声が響いた。

「いやいや、まだおとっつぁんじゃないと」

寿助が答えた。

かつて寿一はなみだ通りで寿司の屋台を出していた。江戸でも早い時分に握り寿司を始めた腕前だが、脚を悪くして屋台はだんだんつらくなってきた。

父親思いの寿助が大工仕事との掛け持ちで屋台を運んだりしていたのだが、そのうちひょんな成り行きになった。

なみだ通りの長屋の人情家主で、屋台の元締めでもある善太郎《ぜんたろう》と、その女房のおそめの子の小太郎《こたろう》には、いささか危なっかしいところがあった。一時は悪い仲間に誘われて身を持ち崩しかけた小太郎だが、どうにか立ち直り、泪寿司という見世を開くことになった。

一応のところは小太郎が泪寿司のあるじだが、寿司職人としては素人《しろうと》に毛が生えたようなものだ。そこで、年季を積んだ職人の寿一が見世の奥まったところに飯台を置き、座り仕事で寿司をつくることになった。屋台の寿司に比べれば、屋根もついているから格段に楽だ。

同じ本所《ほんじょ》の名店、与兵衛鮨《よへえずし》など、このところは江戸で握り寿司が流行《はや》るようになった。かつては押し寿司がもっぱらだったが、寿一はいち早く握りに取り組んだ職人の一人だ。

腕はまだ比ぶべくもないが、名人の薫陶《くんとう》を受けた小太郎もそれなりには握れるようになった。大工仕事が終わってから泪寿司に顔を出すせがれの寿助もときどき父から教わるようになったが、いたって筋が良く、本腰を入れれば小太郎より達者な寿司職人になりそうだった。

泪寿司のもう一つの看板は惣菜《そうざい》だ。

見世でも寿司をつまむことはできるが、間口が狭いので持ち帰りのほうが多い。寿司に加えて大鉢一杯に盛られた惣菜を量り売りで買って持ち帰れば、夕餉《ゆうげ》と晩酌の肴《さかな》の二つをいっぺんにまかなうことができる。

惣菜づくりはおそめが受け持ち、善太郎とともに泪寿司へ運んでいたのだが、見世の手伝いをするうち、おちかも長屋で手がけるようになった。

いまつくっているのは、切干大根と油揚げの煮物だ。長屋の衆が食す惣菜だから、いたってまっすぐなものばかりで、むやみに凝ったものはつくらない。

「ちょっと味見をして、おまえさん」

おちかが言った。

「ああ、いいよ」

寿助は気安く請け合った。

おちかは同じ本所の上州屋《じょうしゅうや》という提灯屋《ちょうちんや》の末娘だ。明るく客の相手をする看板娘といなせな大工はいつしか恋仲になり、みなに祝福されて一緒になった。

義父の寿一が寿司職人をつとめる泪寿司では、寿司と惣菜の持ち帰りの客をおそめとともにおちかが手際よくさばいていた。実家の上州屋の手伝いも続けていたし、寿助の弁当づくりや洗濯などもあるから、朝から晩まで働きづめだった。

そんなおちかと寿助のあいだに、新たな命が授けられた。なみだ通りの面々はこぞって祝福した。

しかし……。

照る日もあれば曇る日もある。

残念なことに、初めて宿ったややこは流れてしまった。さしもの明るいおちかと寿助も落胆の色は隠せなかった。

ひとたびはおのれに宿ってくれた子に名がないのはかわいそうだから、おちかは寿助と相談して寿吉《じゆきち》と名づけた。

わらべのように見える木彫りの仏像をもらったから、寿吉だと思って折にふれて話しかけるようにした。

陽はまた昇る。どんなに暗い悲しみの夜もやがては明ける。また世の中に新たな光が差しこんでくる。

おちかの表情は、だんだんに旧に復していった。

「うん、少し冷めて味を含ませたらちょうどいいな」

切干大根と油揚げの煮物の舌だめしを終えた寿助が言った。

「よかった」

おちかは笑みを浮かべた。

奥で包丁を研いでいた寿一にも舌だめしを頼んだ。

評判は上々だったが、ちょっと気になることがあった。寿一の顔色がいま一つさえないのだ。

「大丈夫ですか、お義父《とう》さん」

おちかが気づかって問うた。

「ああ、大丈夫だ。歳《とし》のせいで、ここんとこだいぶ大儀でな」

寿一はそう答えると、心配そうに顔を出した寿助に言った。

「おめえがその気なら、いつでも寿司職人を代わるぜ。小太郎とおちかと三人で泪寿司をやりゃあいい」

そう水を向ける。

「大工もあるからなあ。棟梁に頼りにされてるんで」

寿助はいくらか困った顔で言った。

「今日みたいな日は泪寿司の寿司職人で、掛け持ちで本腰を入れてやったら？」

おちかが言った。

「二足の草鞋《わらじ》か。それだと休む日がないがな」

寿助は少し苦笑いを浮かべた。

「若《わけ》えんだから、どっちもいけるだろう。まあ考えといてくれ」

寿一はいくぶんかすれた声で言った。

「分かったよ」

寿助は笑みを浮かべた。

二

泪寿司に惣菜の大鉢がそろった。

青菜の胡麻《ごま》和《あ》えに昆布豆、高野豆腐《こうやどうふ》にひじきの煮物、だし巻き玉子、それに、おちかがつくった切干大根と油揚げの煮物。

奇をてらったところのない、まっすぐな料理だ。

「なら、今日は湯屋だね」

寿助が奥まったところに座った寿一に声をかけた。

三日に一度、親子で湯屋へ行っている。今日は父とともに行く日だ。

「いや……」

寿一は少し間を置いてから続けた。

「今日はよしとく。ちと大儀だから」

その声にはあまり元気がなかった。

「まあ雪になって積もったら難儀だからな」

寿助は答えた。

「あんまり大儀なら、おいらがやるよ」

小太郎が言った。

腕は寿一には劣るが、それなりには握れるようになってきた。

「せっかく来たんだからよ。寿司はやるぜ」

またいくらかかすれた声で、寿一が答えた。

「あんまり無理しないように」

おそめと一緒に惣菜の鉢を運んできた善太郎が言った。

なみだ通りの元締めのところから、いくつかの屋台が船のように出ていく。まるで湊《みなと》から船が出るようなものだ。

泪寿司に惣菜を運び終えると、おそめはおちかとともにしばらく客の応対をする。長屋の女房衆は話も楽しみにやってくるからにぎやかだ。折を見てあとはおちかに任せ、おそめは湊へ戻る。

善太郎は船出した屋台の見廻《みまわ》りだ。一台ずつ廻って、いちばん奥まで行ってゆっくりと引き返す。途中で会った者と話しこんだりするから、存外に時が経《た》つこともある。

見廻りを終えると、船が戻ってくるのを待ち、労をねぎらう。

それがいつもの過ごし方だが、雨や雪で屋台が出ない日は違う。

「ほどほどにやるんで」

寿一は善太郎に言った。

「なら、おまえさんは相模屋へ？」

おちかが寿助に問うた。

「おいらの代わりに寿司でもいいよ」

小太郎が笑って言う。

「棟梁たちも相模屋だろうから」

寿助はやんわりと断った。

「だったら、一緒に行こう」

善太郎が水を向けた。

「そうします」

寿助は答えた。

「あんまり呑みすぎないでね」

おちかが笑顔で送り出す。

「ああ、分かってるよ」

寿助は笑みを返して、軽く右手を挙げた。

三

なみだ通りは、繁華な両国橋《りょうごくばし》の東詰からそう遠くはない。本所回向院《えこういん》の裏手、松坂町《まつざかちょう》一丁目から竪川《たてかわ》のほうへ進み、本所相生町《あいおいちょう》に入る。河岸《かし》の通りは日中は船の発着もあってにぎやかだが、夜はうって変わって静まる。

そこから一つ陸《おか》に入ったところが通称なみだ通りだ。泪寿司の名もここに由来する。

夜になると、屋台の提灯に灯《あか》りがともる。さりながら、屋根のついた見世は、たった三軒しかなかった。

一軒は通りの中ほどにある泪寿司だ。さらに、本所元町《もとまち》のほうに進んだところに、やぶ重《しげ》という蕎麦屋がある。近くに屋敷がある囲碁の本因坊《ほんいんぼう》家の御用達《ごようたし》で、角《かど》が立った蕎麦も天麩羅《てんぷら》もうまい。

もう一軒が、屋台衆が雨の日によく顔を出す相模屋だ。

いちばん回向院寄りで、名店の与兵衛鮨からもさほど離れてはいないが、こちらは客の列ができたりはしない。ただし、しっかりと常連がついていて、ときには腰を下ろすところを探すのに苦労するほどになる。

「お、先客がいたね」

善太郎が笑みを浮かべた。

「あきらめが早いんで」

そう答えたのは、おでんの屋台のあるじの庄兵衛《しようべえ》だった。

暑い時分は鰻《うなぎ》の蒲焼《かばや》き、寒くなったらおでん。売り物を季節によって使い分けている。東西《とうざい》という号の俳諧師《はいかいし》でもある、なみだ通りの名物男の一人だ。

「おっつけ、みな来るだろう」

善太郎が言った。

「おう、泪寿司のほうはいいのかい」

寿助に向かってそう言ったのは、万組の棟梁の万作だった。

ほかにもそろいの半纏の大工衆がさほど広からぬ小上がりの座敷に陣取っている。座れなければ、土間に敷かれた茣蓙《ござ》に腰を下ろす。

「おとっつぁんと小太郎、おちかにいまはまだおそめさんがいますんで」

寿助はそう答えると、軽く手刀を切り、座敷のほうに座った。

「泪寿司の人手が足りてるんなら、おめえは寿司の振り売りでもやったらどうだい」

「そうそう、場数をこなさねえと腕が上がらねえぞ」

大工の兄弟子たちが言う。

「万組のつとめもありますんで」

寿助は軽くいなした。

寿司職人としての筋の良さは父ゆずりだが、あくまでも大工が本業で、まだ本腰が入っていないようだ。

「飲み物は御酒《ごしゅ》で？」

おかみのおせいが問うた。

「ああ、頼むよ」

善太郎が右手を挙げた。

「こっちにはもうあるから」

万組の座敷にまじった寿助が銚釐《ちろり》を軽くかざした。

「大根も蛸《たこ》もいい塩梅《あんばい》に煮えてますし、焼き握りも茶漬けもいけますんで」

あるじの大吉《だいきち》が笑顔で言った。

もともとは善太郎が元締めの屋台の一つを担っていた。屋台の煮売り屋だ。

一念発起した大吉は、縁あって結ばれた女房のおせいとともに屋根のついた見世を出すことになった。言ってみれば、屋台の出世頭のようなものだ。

煮売り屋だが、出るのは煮物ばかりではない。刺身やあぶった干物、それに茶漬けなども出す。だんだんに常連客がついて、相模屋は繁盛するようになった。

「なら、ちょいと早《はえ》えが、焼き握りを茶漬けのほうで」

棟梁が言った。

「おいらはただの焼き握りで」

「おいらも」

次々に手が挙がる。

「毎度ありがたく存じます」

一緒に座敷の端にいたおこまが言った。

「お、そろそろ看板娘かい」

「いやに如才ねえじゃねえか」

大工衆が笑った。

相模屋の娘のおこまはまだ九つだから、看板娘と呼ぶにはまだ荷が重いし、お運びなども手伝ってはいない。いまもつくばという飼い猫をひざの上に乗せてくつろいでいる。ただし、物おじしないたちだから、客のみなからかわいがられていた。

「偉いな、おこま」

紺色の作務衣《さむえ》がよく似合う大吉が手を動かしながら言った。

「うん」

おこまが素直にうなずいたので和気が漂う。

焼き握りは相模屋の名物料理だ。

醤油を刷毛《はけ》で塗り、こんがりと網焼きにした焼き握りは、むろんそれだけでも美味だ。しかし、茶漬けに入れておろし山葵《わさび》などの薬味を添えると、さらに奥行きが出てうまい。

冬場にはこちらを頼む客のほうが多いくらいだった。

ほどなく、焼き握りと茶漬けができた。大吉もおせいも手が早いから、客をむやみに待たせることはない。

善太郎と庄兵衛も焼き握り茶漬けを頼んでいた。

「いつもの味だな」

善太郎が言った。

「それがいちばんで」

庄兵衛が笑みを浮かべたとき、同じなみだ通りの屋台衆が二人入ってきた。

天麩羅の甲次郎《こうじろう》と風鈴《ふうりん》蕎麦の卯之吉《うのきち》だった。

四

なみだ通りの屋台の並びはおおむね決まっている。

いちばん手前は「幸福団子《こうふくだんご》」の屋台だ。もとは幸《さち》ノ花《はな》という相撲取りだった幸吉《こうきち》が、女房のおさちとともに始めた屋台だ。善太郎が元締めをつとめる屋台のなかでは最も新参だが、みたらしと焼き団子の二種に絞った屋台はなかなかの繁盛ぶりだった。

団子の持ち帰りの客もいるし、早めに出すから近場のわらべたちも買いに来る。ほかの屋台衆は雨の日にはおおむね相模屋だが、体が大きくて場所を取る幸吉は遠慮して長屋で過ごしていた。もっとも、恋女房と一緒にいるほうがいいのだろうと、みなささやいている。

奥から二番目は、甲次郎の天麩羅の屋台だ。善太郎とは竹馬《ちくば》の友で、物心ついたころからこの界隈《かいわい》で暮らしている。

最も奥まったところに出るのは卯之吉の風鈴蕎麦だ。やぶ重にも近いが、屋台には屋台の味わいがある。同じところに出ることもあって、ありがたい常連客がいくたりもついていた。

一台だけ艀《はしけ》のような動きをするのが庄兵衛の屋台だった。おでんの屋台はほかより小ぶりだし、夏場の蒲焼きもそうだ。動きが軽いのをいいことに、ときには両国橋の東詰のほうへ出張《でば》っていくこともある。俳諧師の顔もある男だから、じっとしているより動き回ったほうがいいらしい。

というわけで、幸福団子の幸吉を除く屋台衆が相模屋にそろった。

「じゃがたら芋《いも》がいい塩梅に煮えてるねえ」

食すなり、甲次郎が言った。

「いい芋が入ったんで。甲次郎さんが屋台で出すんなら、こっちは遠慮しますよ」

大吉が笑みを浮かべた。

「遠慮するこたあねえや。引き続き出しな」

年上の甲次郎が鷹揚《おうよう》に言った。

「厚揚げもたっぷり味がしみててうめえや」

卯之吉も言う。

「相模屋の煮物はどれもうめえからよ」

「冬場は大根がうめえ」

「そうそう。じっくり煮てあるから」

座敷の大工衆が言った。

「はい、お待ちで」

おせいが卯之吉に焼き握り茶漬けを出した。

「おお、うめえのが来たな」

風鈴蕎麦の屋台のあるじが受け取る。

「うちはどれも『うめえの』だから」

大吉が笑って言ったとき、あわただしく二人の男が入ってきた。

「あっ、ご苦労さまでございます」

その姿を見るなり、おせいが言った。

相模屋に入ってきたのは、本所方《ほんじょがた》の魚住剛太郎《うおずみごうたろう》与力《よりき》と安永新之丞《やすながしんのじょう》同心《どうしん》だった。

五

「えっ、火付けですか」

善太郎が眉根《まゆね》を寄せた。

「そうだ。年明けからぼや騒ぎがあったので見廻っていたところ、怪しいやつを見かけた」

魚住与力が言った。

町方と違って、本所方は捕り物をするわけではない。普請場や道の壊《く》えや橋などを見廻る存外に地味なつとめだ。

さりながら、火付けや空き巣など、芳《かんば》しからぬ者どもが跳梁《ちょうりょう》しはじめたときは、土地《ところ》の十手《じって》持ちや火消し衆などと力を合わせ、町方にもつなぎながら民を護《まも》るために尽力する。

「もうちょっとのところで逃げられてしまって」

安永同心が残念そうに言った。

容子《ようす》のいい優男《やさおとこ》で、本所界隈の娘たちからは「新さま」などと呼ばれているが、今日の表情は笑顔からは遠い。

「そりゃ物騒《ぶっそう》なことで」

大吉が顔をしかめた。

「同じやつのしわざでしょうかね」

庄兵衛が言った。

「おそらくな。火消し衆には伝えて、いま動いてもらってるんだが」

魚住与力が答えた。

ここいらを縄張りとしているのは、北組十一組の火消し衆だ。

「親分たちがもし顔を出したら、伝えておいてくれ」

安永同心が言った。

親分とは、額扇子《ひたいせんす》の松蔵《まつぞう》という十手持ちだ。面妖《めんよう》な名だが、額に扇子を載せて調子よく歩く芸にちなんでいる。手下はひょろっとした線香《せんこう》の千次《せんじ》。どちらも頼りなさそうな名だが、実物の働きは存外にそうでもない。

「承知しました。言っておきます」

相模屋のあるじが請け合った。

「なら、引き続き見廻りに」

魚住与力がさっと右手を挙げた。

安永同心も続く。

「ご苦労さまでございます」

おかみのおせいが頭を下げた。

「ご苦労さまで」

「気張ってくださいまし」

座敷の大工衆が声を発した。

六

「今年こそ、悪いことが起きなきゃいいがな」

万組のかしらが言った。

「まったくで」

寿助がうなずく。

「去年は疱瘡《ほうそう》で大変だったからよ」

「ここいらでもずいぶん人死にが出ちまったから」

兄弟子たちが言った。

「何と言っても、道庵《どうあん》先生まで亡くしてしまったのが痛恨だったね」

莨蓙のほうから善太郎が言った。

「惜しみても余りあることで」

庄兵衛が和した。

淵上《ふちがみ》道庵は信頼の厚い医者だった。

この界隈で道庵の世話になっていない者はないほどだった。診療所ばかりでなく、往診にも精を出し、あまたの病人を救ってきた。道庵を命の恩人だと思っている者はずいぶんと多かった。

だが、昨年に猛威を振るった疱瘡は、その頼みの医者の命まで奪ってしまった。本所の名医、淵上道庵は職に殉じたのだ。

「でも、跡取りさんがいまも気張って修業されてると思うんで」

大吉が言った。

「そうだな。こっちにも医者が来てくれて、ひとまずは安心だ」

万組のかしらが言った。

道庵の息子の照道《てるみち》は、父の跡を継いで立派な医者になるべく、芝神明《しばしんめい》の吉高想仙《よしたかそうせん》という医者のもとで修業を始めている。名医の誉《ほま》れ高い医者の薫陶を受け、やがては本所に戻ってくるだろう。

それまでは、想仙の弟子の膳場大助《ぜんばだいすけ》が診療所を受け持っている。道庵の妻の晴乃《はるの》も助手仕事には慣れているから安心だ。

「ほんとに、何も悪いことが起きなきゃいいな」

甲次郎がしみじみと言って、猪口《ちょく》の酒を呑み干した。

せがれに続いて女房も亡くしてしまった男の言葉だけに重みがある。

「まったくで」

卯之吉がうなずく。

風鈴蕎麦の屋台のあるじも、かつて妻子を火事で亡くすという悲しい出来事があった。

人はみな、多かれ少なかれ、涙をこらえて生きてきている。

「悪いことか……」

味のしみた厚揚げを胃の腑《ふ》に落とした寿助がふと独りごちた。

そこはかとなく、嫌な感じが胸をよぎったのだ。

それは虫の知らせに近かった。

ほどなく、あわただしい足音が響き、相模屋に人が入ってきた。

姿を現したのは、寿助の女房のおちかだった。

第二章　暗雲

一

「おまえさん、大変。お義父《とう》さんが」

おちかは口早に言った。

「おとっつぁんがどうしたんだ」

寿助が立ち上がった。

「泪寿司で胸を押さえて倒れて、心の臓の差し込みみたいで」

半ば涙声で、おちかは告げた。

もう気が気ではなかった。おのれの心の臓も早鐘《はやがね》のように鳴っていた。

「何だって」

寿助が叫んだ。

「そいつぁいけねえ」

かしらの万作も立ち上がる。

「医者はどうした」

善太郎が口早に問うた。

「小太郎さんが急いで診療所へ。介抱はおそめさんが」

おちかの声がかすれた。

「急いで行ってやんな」

大吉が寿助に言った。

「おいらも行こう」

小回りの利《き》く庄兵衛が動いた。

「急げ」

万組のかしらが身ぶりをまじえる。

「へい」

短く答えるなり、寿助は動きだした。

おちかが追う。

だが、足の速さが違った。
寿助の背は見る見るうちに小さくなってしまった。

二

心の臓が口から飛び出しそうだった。
おちかは懸命に駆けた。
寿一が胸を押さえて倒れてから、ずっと心の臓が鳴りっぱなしだ。

どうか助かって。
お願いします……。

神仏に祈りながら、おちかは泪寿司へ急いだ。
その前を、万組のかしらやなみだ通りの元締めなどが走る。
おちかはいつのまにかしんがりになった。
声が響いてきた。

寿助の声だ。

「おとっつぁん、おとっつぁん！」

必死に叫ぶ声が聞こえてきた。

おちかは、ああ、と思った。

寿一が息を吹き返していれば、そんな声にはならない。

泪寿司に着いた。

「先生はまだか」

万作が声をあげた。

「そろそろお見えになるかと」

おそめが真っ赤な目で言う。

「おとっつぁん、しっかりしな。おいらだ。寿助だ」

寿助が必死の形相《ぎょうそう》で言った。

「お義父さん、しっかり」

おちかも懸命に声をかけた。

だが……。

寿一は返事をしなかった。瞬《まばた》きもしない。その顔はすっかり土気色《つちけいろ》になっていた。

「胸を圧《お》せ」

万組のかしらが叫んだ。

「へい」

寿助が手を動かす。

「おとっつぁん、おとっつぁん」

懸命に声をかけながら、胸をたたくように圧す。

「しっかりしな、寿一さん」

庄兵衛が声をかけた。

「お義父さん、しっかり」

のどの奥から絞り出すように、おちかは言った。

明けねえ夜はねえからよ。

ややこは向こうで待ってら。

去年、初めて授かった子を流してしまい、悲嘆の涙にくれていたとき、義父の寿一はそんな言葉をかけてくれた。

あのときの表情と声音《こわね》まで、ありありとよみがえってきた。おちかはたまらない気持ちになった。

ややあって、表であわただしい足音が響いた。

「早く診てやってください」

小太郎の声がした。

総髪の医者が入ってきた。

膳場大助だ。

「お願いします、先生」

寿助が必死の面持《おもも》ちで言った。

「はい」

医者は診療箱を下ろし、しゃがみこんでまず寿一の目を見た。

脈を取り、心の臓の音を聴く。

その動きを、いちばん後ろからおちかは見ていた。

祈るようなまなざしで、じっと見ていた。

「先生、いかがです」

万作が問うた。

「助けてやってくださいまし」

善太郎も言う。

だが……。

おちかは、ああ、と思った。

医者の顔に、望みの色はまったく浮かんでいなかった。

「残念ですが……」

膳場大助は沈痛な表情で告げた。

おちかは瞬きをした。

いま見ているのは夢ではなかった。

「さようですか……残念です」

善太郎が肩を落とした。

「おとっつぁん……」

寿助はもう言葉にならなかった。

その姿を見ているうちに、おちかの視野も急にぼやけてきた。

やがて、涙で何も見えなくなった。

三

初七日が終わった。

「早《はえ》えもんだな」

回向院での法要を終えた帰路、寿助が言った。

「ほんとに、あっという間で」

おちかがうなずいた。

「初めのうちはつれえばっかりだったがよう。ばたばたしながら、人の相手をしてるうちに、それなりに落ち着いてきた」

寿助は寂しげな笑みを浮かべた。

「わたしも」

おちかは短く答えた。

寿一が亡くなり、葬儀から初七日まで、あわただしい時が続いた。大変だったが、忙しくしているほうが悲しみはまぎれた。

「まあ、しかし……」

寿助は少し間を置いてから続けた。

「長患いでずっと苦しい思いをすることを考えたら、あれでまあ良かったのかもしれねえ。そう思うことにすらぁ」

何かを思い切るように、寿助は言った。

「そうね」

おちかはまた短く答えた。

「ゆうべ、湯屋へ行くときに、『ああ、おとっつぁんはいなくなっちまったんだなあ』って思ったら、お月さんがぼやけてきちまってよう」

寿助はしみじみとした口調で言った。

「よく一緒に行ってたものね」

と、おちか。

「体を洗ってやる相手がいなくて、所在がなくてよ」

寿助は寂しげに笑った。

「慣れるしかないわね」

おちかが言った。

「そうだな。湯屋の帰りに夜空を見たら、星がきれいでよ。ああ、おとっつぁんはあそこへ行っちまったんだなと思った」

寿助はそう言って瞬きをした。

「きっと見守っていてくれるよ、高いところから」

おちかは答えた。

「前を向いて行かなきゃな」

おのれに言い聞かせるように、寿助は言った。

幸福団子の屋台はもう出ていた。

さっそくわらべが買いに来ている。

「わたしも食べたい。みたらしがいい」

おちかが足を速めた。

「なら、おいらは焼き団子で」

寿助も続く。

「後ろへ並びますね」

おちかは団子の屋台のおかみのおさちに声をかけた。

「あ、いらっしゃいまし」

おさちが明るく答える。

「初七日の法要の帰りでよ」

寿助が言った。

「それはそれは、ご苦労さんで」

もと相撲取りの幸吉が団子を焼きながら頭を下げた。

「いくらか落ち着きましたか？」

わらべたちの相手が一段落ついたところで、おさちがたずねた。

「なんとか。ばたばたしてるほうが気がまぎれるんで」

寿助が答えた。

「今日は帰って一緒にお団子を食べます」

おちかが笑みを浮かべる。

「いくつにしましょう」

幸吉がたずねた。

「おいらは焼きを三本」

寿助は指を三つ立てた。

「じゃあ、わたしはみたらしを二本」

おちかも続く。

「承知しました。……おっ、できたよ」

列の前にいたわらべに、幸福団子のあるじが言った。

「わあい」

「うまそうだな」

わらべたちの無邪気な声を聞いて、おちかも寿助も笑顔になった。

四

腕のいい寿司職人だった寿一の死の余波は、その後ひたひたと押し寄せることになった。

小太郎が少しずつ腕を上げ、せがれの寿助も手伝うようになったとはいえ、それはやはり寿一あってのことだった。泪寿司の寿司飯や握りの味は、年季の入った寿司職人である寿一が支えていた。その大黒柱がいなくなってしまったのはあまりにも大きかった。

「今日の寿司飯はちょいとべたべたしてねえか?」

「寿一さんのはもっと飯粒が立ってたぜ」

客からはそんな声が出た。

立ち直って泪寿司のあるじになったとはいえ、小太郎はもともと人に流されやすく、いま一つ芯が弱いところがある。客からの不評はいたくこたえた。

折あしく、風邪を引いた。熱はさほど出なかったので泪寿司には出ていたが、鼻の具合が芳しくないと、寿司の味はさらに落ちてしまう。

「なんでえ、この寿司は」

「味が落ちたな、泪寿司も」

面と向かってはっきり言う客もいた。

江戸っ子は気が長くない。たまたま悪い日に当たっただけだから、また懲《こ》りずに通ってやろうと思うのは、よほど義理堅い客だけだった。

おそめとおちかが惣菜も売っているから、客足がぱたりと途絶えることはなかったが、寿司は目に見えて売れなくなってしまった。

「おいらのせいで……」

小太郎は肩を落とした。

あるじが暗い顔をしていると、見世はさらに勢いをなくしてしまう。

泪寿司には暗雲が漂うようになった。

五

「今日も入りが悪かったわね、おまえさん」

床に就いてから、おちかが言った。

「ああ。惣菜はともかく、寿司が出なくなっちまった」

寿助が少し眠そうな声で答えた。

「小太郎さんはしょげてるみたいで」

おちかが案じる。

「風邪を引いてるときは、おいらが代わりに寿司飯をつくれば良かった。それでも、おとっつぁんのに比べたらまずいって言われたかもしれねえけど」

寿助が悔いた。

「思い切って寿司職人を継ぐ気はないの？」

おちかがたずねた。

「てことは、大工をやめろってことか」

寿助が問い返す。

「いえ、やめなくたっていいんだけど。たまに屋台をこしらえたり、万組の助っ人に行ったりして大工も続けながら、寿司のほうも気張ってやればどうかしら」

おちかは言った。

このままでは、本当に汨寿司はつぶれてしまうかもしれない。せっかく寿一が培《つちか》ってきた握りの技がここで途絶えてしまうのは、いかにも相済まない気がした。

「大工のほうも親方から頼りにされてるからなあ」

寿助はややあいまいな返事をした。

「それは分かってるけど、万組にはほかにも腕のいい大工さんがいるから」

と、おちか。

「たしかに、どうしてもおいらでなきゃっていう仕事がむやみにあるわけじゃない」

寿助は答えた。

「明日は上州屋の手伝いがあるから、おとっつぁんとおっかさんの考えも聞いてくるわ」

おちかが言った。

「分かった。おいらは棟梁に話してみるよ」

寿助はそう請け合った。

「ああ、お願い」

おちかはそう言うと、小さなあくびをした。

「よし、明日は明日だ……おやすみ」

寿助が言った。

「おやすみなさい」

おちかはやさしい声音で答えた。

六

翌日――。

おちかは実家の上州屋へ行った。

三人姉妹のうち、長姉のおちえが提灯屋の跡継ぎになる婿《むこ》を取り、次姉のおたえは提灯職人として働いている。もうかなりの腕前だ。

人の相手をするより、黙って手を動かしているほうが性に合っているおたえと違って、おちかは人見知りをすることなくだれとでも気安く話ができる。客あしらいはお手の物だから、泪寿司の惣菜が始まるまで提灯屋の見世番をすることもしばしばあった。

「そうかい。泪寿司は、流行らなくなっちまったのかい」

おちかから話を聞いた父の三五郎《さんごろう》が腕組みをした。

「亡くなったお義父さんが名人だったから」

おちかはいくらかあいまいな顔つきで言った。

「亭主も手伝ってるんだろう？」

三五郎が問う。

「うん。寿助さんは筋がいいんだけど、大工のほうも頼りにされてるから」

おちかは答えた。

「両方から腕を引っ張られても困るわねえ」

母のおうのが案じ顔で言った。

「そうなの。今日は棟梁さんに相談してみることになってるんだけど」

と、おちか。

「食い物屋ってのは、ひとたび悪いうわさが立つとぱたっと客足が途絶えたりするからな」

三五郎があごに手をやった。

「小太郎さんが寿司飯をしくじって文句を言われたりしたから」

おちかがそう言ったとき、客が入ってきた。

もっとも、改まったあいさつをせねばならない客ではなかった。なみだ通りの屋台の元締めの善太郎だった。

「ああ、今日はこっちだったんだね」

善太郎はおちかに声をかけた。

「ええ。その提灯は？」

おちかは善太郎が手にしているものを指さした。

「幸福団子の提灯を、わらべたちがふざけて追いかけっこしているうちに壊してしまってね」

善太郎がかざしてみせた。

「ぶつかって骨が折れちゃったんだな」

三五郎がちらりと見て言った。

「そのとおりで。わらべはべそをかいてたし、親は弁償すると言ってくれたんだが、なに、それくらいはわたしが出すよ」

善太郎はそう言って笑みを浮かべた。

「では、同じものでよろしゅうございますか？」

おちかが問うた。

「ああ、お願いします」

元締めはすぐさま答えた。

話はここで一段落し、茶を呑みながら泪寿司に関わる相談になった。

「小太郎はどうも自信をなくしてしまったようでね。もともと人に流されやすくて危なっかしいところがあったんだが」

善太郎はそう言って、いくらか苦そうに茶を啜《すす》った。

「ここはしゃんとしなきゃいけないときですがね」

上州屋のあるじが言った。

「まったくそのとおりで」

屋台の元締めがうなずいた。

「せっかく泪寿司ののれんを出して、亡くなった寿一さんの腕もあってお客さんもついていたのに、このままじゃ見世が立ち行かなくなっちまう」

善太郎は渋い表情で言った。

「お惣菜のほうはそんなに落ちていないんですがねえ」

おのれも売り場に立っているおちかが言った。

「それがまあ救いだけれど、泪寿司の看板は寿司だからねえ」

善太郎はそう言うと、また茶を啜った。

「棟梁さんの許しが出れば、うちの人がしばらく泪寿司に詰めて盛り返すこともできるかもしれません」

おちかが言った。

「ああ、それは心強いね。どうもいまの小太郎じゃ尻すぼみだから」

善太郎はそう答えて湯呑みを置いた。

「ところで、ゆうべまた火付けがあったみたいですね。ついさっき、親分さんが見えて『気をつけろ』と」

三五郎が伝えた。

「この界隈でかい？」

善太郎が問う。

「本所に近いほうで、幸い小火《ぼや》で消し止められたそうですが」

上州屋のあるじが答えた。

「見廻りもしていただいてると言っても、年明けから続けざまですからね」

おかみが顔をしかめる。

「そのうち、大きな火事にならなきゃいいけど」

おちかが言った。
そのとき、ふと嫌な感じが胸をよぎった。
去年、子を流してしまう前に、身に嫌な感じが走った。
あれと少し似ていたが、微妙に違った。
おちかは胸に手をやった。
心の臓の鳴りがいくらか速くなっていた。

第三章　泪の火事

一

　万組の棟梁の万作からは、寿助が泪寿司の寿司職人になってもいいという許しが出た。寿一が急に亡くなってから、泪寿司が苦境に陥っていることを棟梁も知っていた。いかに腕のいい大工だと言っても、せがれが亡き父の跡を継いで寿司職人になると言ったら止めることはできない。

　ただし、小太郎が立ち直って泪寿司の調子が良くなったら、普請場の仕事にも折にふれて戻ってほしいという話だった。

「ひとまずは、泪寿司だな」

　床に就いた寿助が言った。

「そうね。まずお客さんに戻ってもらわないと」

おちかが言った。

「首に縄をかけて戻すわけにはいかないがな」

と、寿助。

「汨寿司の味が戻ったという評判が立ったら、お客さんはきっと戻ってきてくれるはず」

おちかが望みをこめて言う。

「新たな客がついてもいいわけだから」

寿助が言った。

「そうね。何にせよ……」

おちかはそこで言葉を切った。

音が聞こえたのだ。

半鐘《はんしょう》が鳴っている。

「近いな」

寿助が飛び起きた。

「どのへんかしら」

おちかも身を起こした。

その刹那《せつな》、心の臓がきやりと鳴った。

嫌な感じが募《つの》る。

「見て来る」

寿助が言った。

「わたしも行く」

おちかが髷《まげ》に手をやった。

そのとき、また半鐘が鳴った。

声も聞こえた。

「火事だ!」

外で叫ぶ声が、おちかの耳にはっきりと届いた。

二

「なみだ通りのほうだ」

寿助が言った。

おちかと寿助が暮らす長屋はいくらか離れたところにある。

さらに半鐘が鳴った。

荷車に家財道具を積んで逃げる支度をしている者もいた。界隈は急にあわただしくなった。

「火元はどこだ」

「風向きは？」

切迫した声が響く。

「急げ」

寿助が駆けだした。

おちかも追う。

「火付けだ」

「だれかが火をつけやがった」

そんな声も響いた。

「ひっ捕まえてやれ」

「いま火消し衆が動いてら」

「本所方と大工衆も加勢してるぜ」

知らせは次々に入ってきた。

「うちの組も動いてるぞ」

寿助が振り向いて早口で言った。

「あいよ。気張って」

息を切らしながら、おちかが答えた。

火元が近くなった。

「早くしろ」

「燃え移るのを防げ」

「壊せ」

火消し衆の怒号が聞こえてきた。

そのなかに、聞き覚えのある声がまじった。

「消してくださいまし。壊さないでくださいまし」

涙声で哀願する声が響いた。

「あの声は……」

おちかの胸がうずいた。

必死に訴えていたのは小太郎だった。

火をつけられて燃えていたのは、あろうことか、なみだ通りの泪寿司だった。

三

「小太郎！」

寿助が叫んだ。

善太郎も駆けつけた。

「下がってろ。邪魔だ」

火消しを止めようとした小太郎に鋭く言う。

当時の火消しは、まず延焼を食い止めることに腐心する。いまのように強い水勢で火を消すことができなかったからだ。

延焼をいち早く食い止め、燃え広がるのを未然に防ぐためには、燃えだした家を壊してしまうのがいちばんだ。あるいは、並びの家も壊す。住んでいる者にとっては泣くに泣けないが、大火になる芽を摘むためにはやむをえないことだった。

「見世が……泪寿司が……」

下がった小太郎が両手で顔を覆った。

その目の前で、泪寿司の提灯がぱっと燃えあがった。

「危ないから下がってろ」

おちかの姿を見た寿助が言った。

「とんだことに」

おちかはようやくそう答えた。

「大丈夫だ。命があればやり直せる」

寿助は半ば小太郎に向かって言った。

その小太郎はがっくりとひざをついた。

いままさに取り壊されていく泪寿司を見て、腑抜《ふぬ》けのようになっている。

「しっかりして、小太郎さん」

おちかも歩み寄って声をかけた。

おそめも来た。

「建て直せばいいわよ、小太郎」

両手で頭を覆ってしまったせがれに向かって、おそめは口早に言った。

返事はなかった。

小太郎は力なく首を横に振るばかりだった。

「崩れるぞ」

「下がれっ」

火消し衆の声が響いた。

泪寿司が入っていた長屋は見る見るうちに崩れた。

「よし、消えるぞ」

「ここで食い止めろ」

「勝負だ」

火消し衆が勇んで言った。

四

幸い、火がそれより燃え広がることはなかった。

火消し衆の働きは目覚ましかった。

おのれの危険を顧《かえり》みず、燃え移りそうだった家を壊すことによって、火事が大きくなるのを食い止めたのだ。

風がさほど強くなかったのも不幸中の幸いだった。おかげで、何より恐ろしい飛び火が起こらなかった。

火は消えたが、人々の働きは続いた。

火事場の後片付けがあるし、何より火付けが捕まっていなかった。どさくさにまぎれて悪さを企てる者がいないともかぎらない。

「おれはしばらく組のみなと一緒に動く。おまえは先に帰ってな」

寿助がおちかに言った。

「あいよ。気をつけて、おまえさん」

おちかが言った。

「おう」

引き締まった顔つきで、寿助は右手を挙げた。

長屋へ戻る途中、おちかは元締めの家族と一緒になった。

善太郎とおそめ、それに小太郎だ。泪寿司が燃えてしまった小太郎は、肩を落として気の毒なほど憔悴《しょうすい》していた。

「命は助かったんだ。ありがたいと思え」

善太郎が声をかけたが、小太郎は答えなかった。

「また一から始めましょう」

おちかが言った。

「そのとおりよ。やり直しはいくらでも利くんだから」

おそめも言う。

「いや」

小太郎は首を横に振った。

「寿一さんが死んで、あそこの寿司は味が落ちたって言われてたから……」

小太郎はそこで言葉を呑みこんだ。

「だったら、またうめえ寿司を出して評判を取り戻さないとな。そういう気概がないと、波に負けて終わりだぞ」

善太郎が厳しい顔つきで言った。

だが、小太郎の返事はなかった。その足取りは重かった。

「たったいま見世が焼けてしまったばかりだし、まずはゆっくり休んでください」

おちかが情のこもった声をかけた。

「そうそう。まずは休むことね」

おそめも言う。

小太郎はようやく小さくうなずいた。

「泪寿司が入ってた長屋は、万組があっと言う間に建て直してくれるだろう。前より良くなる」

善太郎が言った。

「うちの人も、ひとまずは大工で気張ってやるでしょうから」

寿助の顔を思い浮かべて、おちかが言った。

「あとは、火付けが捕まってくれればねえ」

と、おそめ。

「本所のみなが力を合わせれば、きっと捕まる」

半ばはおのれに言い聞かせるように、善太郎が言った。

五

三日後——。

本所は雨になった。屋台を出せないなみだ通りの面々と、普請ができない大工衆は例によって相模屋に集まってきた。

「小太郎はどうしてるんだい」

万組の棟梁の万作が善太郎にたずねた。

「まだふさぎこんでいて、今日も誘ってもついてこなくて」

善太郎はいささか浮かぬ顔で答えた。

「無理もねえな」

「気の毒なこった」

煮蛸をつつきながら、大工衆が言う。

「で、また寿司屋をやる気はあるんですかい」

庄兵衛がたずねた。

「どうもおのれの腕に自信をなくしていてね。ありゃあ、いくらか時がかかるかもしれない」

善太郎は答えた。

「なら、おめえがつなぎな、寿助」

「そうそう、もともとおとっつぁんの寿司屋だったんだからよ」

大工衆が寿助に言った。

「いや、まず建て直すほうが先で」

寿助は答えた。

「泪寿司とおんなじ造りにするのか？」

甲次郎がたずねた。

「それも思案のしどころで」

寿助はそう答えて、焼き握りを口に運んだ。

焼き握り茶漬けもほうぼうに出ている。雨の日はことによく出る料理だ。焼き握りの醤油の香りも漂う茶漬けは、五臓六腑《ごぞうろっぷ》にしみわたる。

「験直《げんなお》しに名を変えるっていう手もありますな」

風鈴蕎麦の卯之吉が言った。

「ああ、うちのおちかもそう言ってました。この際だから大きく出て、江戸寿司とか本所寿司とか」

寿助が言った。

「江戸寿司は大きく出すぎだろう」

棟梁がそう言って笑った。

「橋向こうは江戸じゃねえって侮《あなど》るやつもいるからな」

「どのつら下げて江戸寿司を名乗ってるんだって言われちまう」

「そりゃ言わせときゃいいんだ」

大工衆がさえずる。

「本所寿司なら据わりがいいかもしれないね。泪寿司は、なみだ通りだけだから、ちいと狭い」

善太郎が手つきをまじえた。

「なら、看板も提灯も燃えちまったことだし、本所寿司で建て直しましょうや」

棟梁が乗り気で言った。

「また堂前《どうまえ》の師匠に字を書いてもらわないと」

相模屋のあるじの大吉が言った。

泪寿司の看板は、なみだ通りとゆかりのある初代三遊亭圓生《さんゆうていえんしょう》が書いた。もとは立川焉笑《たてかわえんしょう》という名で、本所の竪川《たてかわ》にちなむ立川焉馬《えんば》の弟子だった。いまは浅草の堂前に住んでいるから、堂前の師匠と呼ばれている。

「そりゃ喜んで書いてくださいますよ、師匠なら」

善太郎がそう言ったとき、あわただしく二人の男が入ってきた。

相模屋に姿を現したのは、十手持ちとその子分だった。

六

「捕まったんですかい、親分」

大工衆の一人が問うた。

「なら、いいんだがよ。火消し衆や本所方が追ったんだが、逃げ足の速《はえ》えやつで」

額扇子の松蔵親分が答えた。

「火付けは一人ですかい？」

今度は棟梁がたずねた。

「いや、二、三人いるかもしれねえっていう話で」

子分の線香の千次が答えた。

「ご苦労さまで」

おこまが茶の湯呑みを渡した。

「おう、気が利くな、看板娘」

千次が笑みを浮かべて受け取った。

「親分さんにも」

松蔵親分にはおせいが湯呑みを渡した。

腰を落ち着けて呑むか、それともまた見廻りに出ていくか、おおよその様子で分かる。

ここで出すのは酒ではない。茶だ。

「おう、ありがとよ。ちいとみなに頼みがあってな」

親分はそう言うと、さっそく茶を啜った。

「渡しますかい」

千次が問う。

「おう、頼む」

松蔵が答えた。

下っ引きはふところから巾着《きんちゃく》を取り出した。

「屋台衆は一つずつこいつを持っててくだせえ」

そう言って渡していく。

「こりゃあ、呼子《よぶこ》だな」

受け取った庄兵衛が言った。

「吹いてみていいですかい」

甲次郎が問うた。

「やってみてくだせえ」

千次が身ぶりをまじえた。

天麩羅の屋台のあるじが吹くと、甲高《かんだか》い音が響いた。

「うわ、びっくりした」

おこまが耳を手で覆う。

猫のつくばは驚いて逃げだした。

「なるほど、怪しいやつを見かけたら、呼子を吹いて知らせるわけですね」

善太郎が呑みこんで言った。

「そのとおり。屋台衆にも力を貸してもらおうと思ってな。いや、おいらじゃなくて、魚住さまの思いつきだが」

松蔵親分が言った。

本所方の魚住与力が出した案のようだ。

「なら、うちの組にももらえますかい」

万組の棟梁が言った。

「おう、いいぜ。普請場で怪しいやつを見かけるかもしれねえからな」

松蔵親分が答えた。

「だったら、うちにも一つ」

おせいが乗り気で言った。

「おう、怪しい客が来たら知らせてくんな」

十手持ちはすぐさま答えた。

かくして、大ぶりの巾着一杯に詰まっていた呼子がきれいになくなった。

七

翌日から、なみだ通りにまた屋台が出た。

並びはおおむね同じだが、通りのたたずまいはいやに寂しかった。

「やっぱり、泪寿司がないと暗くて寂しいな」

寿助がおちかに言った。

普請場のつとめが終わり、これから二人で湯屋へ行くところだ。

「いままでは、泪寿司の灯りが見えるとほっとしたから」

おちかが瞬きをした。

「その前は、おとっつぁんの寿司の屋台が出てた。どちらもなくなっちまったからな」

寿助はいくらかあいまいな顔つきで言った。

「でも、また灯りをともせばいいと思う」

おちかが言った。

「そうだな。みなにおまえが寿司屋を継げと言われて、やっぱりおいらがやらなきゃいけねえかとは思いはじめてるんだが」

寿助の言葉は少し歯切れが悪かった。

「小太郎さんがあるじだったからね」

おちかがそれと察して言った。

「それもある。小太郎を差し置いて話を進めるわけにはいかないから」

と、寿助。

「まあ、そのあたりは善太郎さんとおそめさんとも相談しながら、ゆっくりやりましょうよ」

おちかは笑みを浮かべた。

「そうだな。それにもう一つ……」

寿助はあたりに目をやってから続けた。

「火付けがまだ捕まってねえ。ここで泪寿司を建て直したところで、また火をつけられたら泣くに泣けねえ」

「たしかに、安心して建て直せないかも」

おちかはうなずいた。

「早く捕まるといいな」

寿助がそう言って夜空を見上げた。

「そうね。ほうぼうに呼子が渡ってるし、見廻りも……」

おちかがそう言ったとき、向こうから提灯が二つ揺れながら近づいてきた。

ほどなく、闇の中から顔が現れた。

本所方の安永同心となみだ通りの元締めの善太郎だった。

「ご苦労さまでございます」

寿助が先んじて言った。

「これから湯屋かい」

善太郎が声をかけた。

「はい、そうです」

おちかが答える。

「怪しいやつを見かけたら伝えてくれ。湯屋にも呼子が渡ってるから」

安永同心が口早に言った。

「承知しました」

寿助が引き締まった表情で答えた。

「では、先に」

本所方の同心が早足になった。

「ご苦労さまでございます」

おちかがていねいに頭を下げた。

第四章　普請始め

一

火が出て家が燃えるたびに、江戸の衆はまた力を合わせて建て直してきた。

災いの波を乗り越えなければ、江戸の町では生きていけない。なかには人生に二度、三度と焼け出されてしまう者もいる。そのたびにぐっとこらえ、底力を出してやり直すのが江戸の民の心意気だ。

不幸にも火付けに遭って、泪寿司と長屋が燃えてしまったが、翌日には後片付けが終わり、もう普請の土台づくりが始まった。

だが……。

普請を進めるには、どうあっても詰めておかねばならないところがあった。

半焼けになった長屋はそのまま建て直すとしても、泪寿司をどうするのか。

そもそも、あるじの小太郎にやる気があるのか。

そのあたりを詰めるために、いくたりかがやぶ重の座敷に集まった。じっくりと話をするには、相模屋よりこちらのほうがいい。

善太郎とおそめ、万組の棟梁の万作。

それに、小太郎と寿助。

さらに、松蔵親分も加わって話が進んだ。


「おまえがやる気を出さないことには、またのれんを出しても立ち行かないだろう」

ややもどかしそうに、善太郎がせがれの小太郎に言った。

「そのとおりだけど……」

小太郎は煮えきらない様子だ。

「普請の加減があるからな。見世の名は『本所寿司』がいいだろうっていう話を相模屋でしてたんだが」

万組のかしらが言った。

「本所の寿司屋って言やあ与兵衛鮨の名が轟《とどろ》いてるが、出すからにゃ負けねえような寿司屋にしねえと」

松蔵親分が言う。

「どういう寿司屋にするかで、見世のつくりも違ってきますからね」

酒と肴を運んできたやぶ重のおかみが言った。

熱燗《あつかん》と蕎麦がき、それに、蕎麦の実を練りこんだ蕎麦味噌。ひとまずはそれだけあればいい。

「持ち帰りを主にするか、一枚板の席の客の前で握って出すか、それによってつくりが変わりますね」

寿助が言った。

「本式でやるんなら、一枚板の席があったほうがいいな」

万作が言う。

「おいら……」

口を開いた小太郎があいまいな顔つきで言いよどんだ。

「はっきりしな」

善太郎の口調がきつくなった。

小太郎は小さくうなずいてから続けた。

「客の前で寿司を握るのはもう怖くてできねえ。また文句を言われるんじゃねえかと思ったら、心の臓の鳴りが速くなって、胸が苦しくなってきちまう」

泪寿司のあるじだった男は胸に手をやった。

「それだったら、無理に開いても、流行りはしねえな」

松蔵が渋い表情で言った。

「持ち帰りだけでやるっていう手はあるけど」

おそめが言う。

「そりゃ、あるじの影が薄いぜ」

松蔵親分が苦笑いを浮かべた。

「握りもちらしも、どうしても寿一さんと比べられちまうんで」

小太郎はそう言って、やや苦そうに猪口の酒を呑み干した。

「なら、どの寿司も無理じゃないか」

善太郎がいくらか顔をしかめた。

「ただ……」

小太郎が顔を上げた。

「ただ？」

　寿助が顔を見る。

「いろいろ舌だめしをしたり、見世や屋台を廻ったりしたんだが、おもにわらべ相手の稲《いな》荷《り》寿司なら、やってみてえかなと」

　煮え切らないながらも、小太郎はそう言った。

「稲荷寿司か。そりゃ見世じゃなくて、屋台か振り売りになるぞ」

　善太郎が言った。

「それは承知で。酢飯と甘辛く煮た油揚げだけでつくれる稲荷寿司なら、おいらでもなんとか気張れるんじゃねえかと」

　小太郎は真剣なまなざしで言った。

「あんたがやる気のあることをやればいいよ」

　おそめが母の顔で言った。

「そうだな。嫌々やっても続かないから」

　善太郎も言った。

「なら、泪寿司はどうするんでえ」

　松蔵親分が問うた。

「泪寿司は焼けちまったから、新たに普請をする本所寿司ですな」

棟梁が言った。

「ああ、とにかく寿司屋だ」

と、親分。

「寿一さんあっての寿司屋だったから」

小太郎は寿助の顔を見てから続けた。

「血筋と腕から言やあ、寿助がやるのがいちばんだと思う」

小太郎はそう言ってうなずいた。

「やっぱり、おいらが」

寿助が猪口を傾ける。

「うちの組のことは気にしねえでいいからな」

万作が寿助に言った。

「へえ、なら……」

寿助はまだいくらかはっきりしない顔つきだった。

「女房ともよく相談して決めな」

万組の棟梁が言った。

「そうそう。本所寿司のおかみになるわけだから」

善太郎も言う。

「きっといい見世になるぜ」

松蔵親分が太鼓判を捺《お》した。

「惣菜づくりは、引き続き力を貸すから」

おそめが笑みを浮かべる。

「承知しました。おちかとよく相談して決めまさ」

寿助はふっ切れた顔つきで答えた。

二

「分かったわ。おかみさんをやればいいのね」

おちかが笑みを浮かべた。

「おいらも気張るからよ」

寿助はそう言って、湯呑みの酒を少し啜った。

やぶ重から戻ったが、寝るのにはいくらか早すぎる。本所寿司の話をしながら、するめを肴にもう少し呑むことにした。

「もともと、上州屋でお客さんの相手をしてきたし、泪寿司のお惣菜も売ってきたんだから、何とかなると思う」

おちかが言った。

「お客さんもついてくれたしな」

と、寿助。

「小太郎さんのお寿司には文句が出てしまったけど、お惣菜は売れ残ることがなかったし。おかみさんもなんとかなるはず」

おちかがうなずいた。

「そのうち、相模屋へ行って、おかみの働きぶりを見てくるといい。いろんな気づきがあるだろうから」

寿助が案を出した。

「そうね。やるからには学ばないと」

おちかは髷に軽く手をやった。

「大工の女房になったはずなのに、話が違うと思ってねえか？」

いくらか戯《ざ》れ言《ごと》めかして寿助が問うた。

「そりゃ、大工さんは好きだったけど、わたしはおまえさんが良くて女房になったわけだから」

おちかは表情をやわらげた。

「ありがとよ」

寿助は瞬きをしてから続けた。

「どっちつかずになっちゃいけねえが、棟梁からはまた大工仕事もやってくれと言われてるし、本所寿司の普請や屋台づくりなど、おいらの腕を活《い》かせるつとめはこの先もあるだろう」

「一人親方にもなれるしね」

おちかはすぐさま言った。

「おう。本所寿司のおかみで、一人親方の女房だ。力になってくんな」

寿助は白い歯を見せた。

「あいよ、おまえさん」

おちかがそう言ってまた酒をついだ。

三

翌日も相談が続いた。

新たに普請する本所寿司はどうすればいちばんいいか、小太郎が稲荷寿司の屋台をやるという考えに変わりはないか、詰めておくことはいろいろあった。

寿助とおちかは、善太郎とおそめのもとをたずねた。ちょうど小太郎もいたから好都合だった。

「新たに普請する本所寿司は、ほんとにおいらとおちかがやっていいんだな?」

寿助は念を押すように小太郎にたずねた。

「ああ、頼むよ。おいらはもう稲荷寿司をやるつもりで、これからほうぼうで舌だめしをと思ってるんだ」

小太郎は薄紙一枚はがれたような顔つきで答えた。

「心機一転、屋根のない屋台からやり直すのがいいだろう」

半ばはせがれに向かって、善太郎が言った。

「幸福団子みたいに、わらべがたくさん来てくれる稲荷寿司の屋台を目指すよ」

小太郎が笑みを浮かべた。

「分かった。やるからには、寿司屋を気張ってやるよ」

寿助は二の腕をたたいた。

「頼むよ、二代目」

小太郎が言う。

「そうか。おいらが二代目か」

寿助が感慨深げに言った。

「本所寿司っていう名なら初代だけど」

と、おそめ。

「おとっつぁんの跡継ぎだからな」

寿助が言った。

「で、とにもかくにも普請だな」

善太郎が両手を軽く打ち合わせた。

「へい、親方とも相談してやりまさ」

寿助が気の入った表情で答えた。

「畳屋や左官屋にも助《す》けてもらわなきゃならない。そのあたりはできるだけ力を貸すよ」

元締めの善太郎が請け合った。

「どうかよしなに」

寿助が頭を下げた。

「よろしゅうお願いいたします」

おちかもていねいに一礼した。

四

段取りは順調に進んだ。

万組の棟梁の万作の考えも聞き、本所寿司のつくりが決まった。

建て直す長屋の一部を見世にするやり方で、通りに面したところに持ち帰り場がある。見世の勘定もここで済ませる。

持ち帰りは惣菜と寿司だ。惣菜はいままでどおり、量り売りにする。通りに面したところなら、道行く人に呼び込みの声をかけられる。おちかもおそめもお手の物だ。いささか寂しいなみだ通りに、そこだけ声の花が咲く。

寿司を出すのは檜《ひのき》の一枚板の席と小上がりの座敷だ。のれんをくぐると、右手に一枚板の席がある。奥に向かって酒樽が並んでいるから、客はそこに腰かけて、出された寿司を食す。

小上がりの座敷は左手にある。鰻の寝床と言うほどではないが、わりかた奥行きがある。さすがに祝いごとの宴《うたげ》などに使うのは厳しいが、四人くらいでつとめ帰りに寿司をつまみながら呑むことくらいはできる。

出す寿司はおもに握りだが、ちらしや押し寿司も出す。そのあたりは仕入れとの相談だ。できあがったものは、「へい、お待ち」と寿助がそのまま一枚板の客に出す。握りたてを出せるし、寿司職人の手わざも披露《ひろう》することができる。

座敷にはおちかが運ぶ。持ち帰り場が忙しくて手が回らないときは、寿助がいちばん奥から厨《くりや》を出て運ぶこともできる。つくりに抜かりはなかった。

「長屋の後架（便所）もお客さんに使ってもらえるといいな」

下見を終えた寿助が言った。

「そうね。いくらか離れてるから臭《にお》いも気にならないだろうし」

おちかが答えた。

「よし。なら、棟梁と段取りを詰めて、さっそく普請だな」

寿助が引き締まった顔つきで言った。

なるよ」


「一人でやるわけじゃないわよね」

おちかが少し案じ顔で訊いた。

「屋台だったら一人でつくるけど、長屋を半ば建て直すわけだからな。万組のつとめになるよ」

寿助の答えを聞いて、おちかは愁眉《しゅうび》を開いたような顔つきになった。

「小太郎の屋台は、おいらが一人でつくることになるけどな」

と、寿助。

「江戸のほうぼうで稲荷寿司の舌だめしをしてるって聞いたけど」

おちかが言った。

「ああ、やる気になってるんだから、いいことだよ。屋台もどういうつくりにするか、いろいろ検分してるそうだ」

寿助は笑みを浮かべた。

「楽しみね」

おちかは笑みを返した。

五

その後も段取りは進み、いよいよ普請が始まった。

万組の仕事は早いことで定評がある。三日も経つと、本所寿司のつくりが早くも見えてきた。

「厨に入れる鍋などの道具の手配もしなきゃな」

湯屋の帰りに、寿助がおちかに言った。

「泪寿司で焼け残ったものは？」

おちかが問う。

「使えるものは使うさ。おとっつぁんの形見の包丁とか」

寿助が答えた。

「親子二代の包丁ね」

おちかは感慨深げに言った。

「そうだ。きっと助けてくれる」

寿助はそう言って月を見上げた。

ほのかにあたたかみのある、いい月だった。

「何か屋台で食ってくか?」

寿助が訊いた。

「夜は冷えるから、あったかいものがいいわね」

おちかが答えた。

「なら、蕎麦だな」

「そうね」

寿助とおちかは、なみだ通りのいちばん奥に出ている卯之吉の風鈴蕎麦の屋台に向かった。

途中で甲次郎の天麩羅の屋台の前を通る。素通りするのも気が引けるから、串を控えめに買って蕎麦に入れることにした。

「何が残ってます?」

寿助がたずねた。

「はんぺんと甘藷《かんしょ》しか残ってねえよ」

甲次郎は答えた。

「なら、蕎麦に入れるので、一本ずつお願いします」

おちかが指を一本立てた。

「はいよ。丼に入れていきな」

天麩羅の屋台のあるじが笑みを浮かべた。

はんぺんと甘藷の串を入れた丼を抱えて、風鈴蕎麦の屋台まで歩いた。

「おう、普請は進んでるみたいだな」

卯之吉が寿助に声をかけた。

「おかげさんで」

寿助は答えた。

「みな気張ってくださってます。……これを一本ずつ」

おちかは天麩羅の串が入った丼を渡した。

「承知で」

卯之吉は蕎麦の支度を始めた。

そのとき……。

おちかの視野の端を異なものがかすめた。

月あかりがある。

二つの怪しい人影が、腰をかがめてさっと路地へ入るところだった。

手に何かを持っているように見えた。

胸さわぎがした。

「おまえさん。いま怪しい二人組が」

おちかは路地のほうを指さした。

「何だって？」

寿助が声をあげた。

次の刹那――。

なみだ通りにけたたましい音が響いた。

卯之吉が呼子を吹いたのだ。

風鈴蕎麦の屋台のあるじは果断に動いた。

「火付けかもしれねえ」

寿助も動いた。

「待って」

おちかも追う。

もう蕎麦どころではなかった。

幸いなことに、北組十一組の火消し衆がちょうど見廻りをしていた。

「どうした」

「何があった」

あわてて駆けつけて問う。

「そこの路地に怪しい人たちが」

おちかが勢い込んで告げた。

「追え」

かしらの三郎《さぶろう》が手を振り下ろした。

「呼子だ」

纏《まとい》持《も》ちの太助《たすけ》が叫ぶ。

火消し衆は色めき立った。

「待て」

路地の奥から声が響いてきた。

さらに呼子が鳴る。

なみだ通りの突き当たりのほうは騒然としはじめた。

「逃すな」

「追え」

火消し衆が叫ぶ。

やぶ重のほうからも、わらわらと人が駆けつけてきた。

そのなかには本所方の魚住与力と安永同心の姿もあった。どうやら蕎麦屋で腹ごしらえをしていたらしい。

「頼みます、旦那方」

寿助が声をかけた。

「おう」

魚住与力が右手を挙げた。

「そっちへ逃げたぞ」

「火付けだ」

「二人いるぞ」

路地のほうから火消し衆が叫んだ。

おちかは目を瞠《みは》った。

火消し衆に追われた怪しい二人組が、路地から飛び出してきたのだ。

片方は刃物を手にしている。

「おまえさん」

おちかは声をあげた。

「危ない。下がってろ」

寿助が身ぶりをまじえた。

卯之吉がまた呼子を吹いた。

いくらか離れたところでも響く。天麩羅の甲次郎も続いたのだ。

「神妙にしな」

「刃物を放せ」

「たたき落としてやれ」

火消し衆と本所方がまじった捕り方が叫んだ。

提灯が揺れながら近づいてきた。

「あっ、元締めさん」

おちかが気づいて声をかけた。

「怪我《けが》はないか」

善太郎が口早に問うた。

「はい」

おちかが答える。

さらに、息せききって十手持ちと手下が姿を現した。

「加勢するぜ」

松蔵親分が叫ぶ。

「御用だ」

千次も続いた。

おちかは固唾《かたず》を呑んで見守っていた。

心の臓の鳴りが激しくなった。

「神妙にしな」

「もう逃げられねえぜ」

「ここいらの火付けはおめえらのしわざだな」

「ひでえことをしやがって」

怒りの声が幾重にもかさなって響いた。

捕り物はなおしばし続いた。

「よし」

「縛りあげろ」

ややあって、声が響いた。

火付けの二人組は、どうやらお縄になったようだ。

おちかはほっと一つ息をついた。

「蕎麦がのびちまった」

卯之吉が苦笑いを浮かべた。

「悪いから、食いますよ」

寿助が笑みを浮かべた。

「わたしもちょっとなら」

おちかは胸に手をやった。

まだ少し、心の臓が鳴っていた。

第五章　打ち上げと支度

一

「おめえさんらのおかげだったな」

松蔵親分がそう言って、寿助に酒をついだ。

「いや、おいらはあたふたしてただけで。初めに気がついたのはおちかだから」

寿助は隣に座った女房を立てた。

「いえ、卯之吉さんがすぐ呼子を吹いてくださったので」

おちかは風鈴蕎麦の屋台のあるじを手で示した。

「ありゃあ手柄だったな」

北組十一組のかしらの三郎が笑みを浮かべた。

今日は捕り物の打ち上げだ。

あいにくの雨だが、屋台衆も出られるからかえって都合がいい。相模屋はほぼ貸し切りのようになっていた。

「とっさに手が動いたんで」

卯之吉がそう言って、猪口の酒を呑み干した。

「年明けから、江戸では悪さをするやつが立て続けに出ているが、ひとまず火付けが捕まってほっとした」

本所方の魚住与力が言った。

「今後も気を引き締めていきませんと」

安永同心が言う。

「そうだな。引き続き、よしなに頼む」

魚住与力が座敷の火消し衆に言った。

「へい」

「気張ってやりまさ」

「任しといておくんなせえ」

勇み肌の火消し衆がいい声で答えた。

「まあこれで、泪寿司の敵《かたき》は討てましたな」

元締めの善太郎が言った。

「吐きやがったみたいだからな」

松蔵親分が言う。

捕まった火付けの二人組は厳しい責め問いに音《ね》を上げ、これまでの悪行を洗いざらい申し立てたようだ。

泪寿司に火をつけたのも、このたび捕まったやつらのしわざらしい。

「何にせよ、新たに燃えるところがなくて幸いでしたよ。……はい、お待ちで」

あるじの大吉が焼き握り茶漬けを出した。

冷える晩はこれにかぎる。相模屋の打ち上げに来た面々の大半が所望の手を挙げたくらいだ。

あとは大根や竹輪《ちくわ》や蛸、それに、じゃがたら芋などもよく煮えている。あら煮とほかほかの飯もある。食うものには困らない見世だ。

「どんどんお運びしますので」

おかみのおせいが笑みを浮かべた。

「わたしも」

看板娘のおこまも続く。

「おめえはやんなくていいのかい」

纏持ちの太助がのんびりしているつくばに言った。

「猫がお運びをやったらびっくりだ」

若い火消しが笑った。

「まあ、これで安んじて普請ができまさ」

寿助が言った。

「もうだいぶ進んでるみてえだな」

下っ引きの千次が言った。

「おかげさんで。左官衆と畳屋にも声をかけてありますんで」

寿助は笑みを浮かべた。

「看板と提灯も手配しないとね」

善太郎が言った。

「提灯はいくらでも」

おちかが手を挙げた。

「そりゃ、女房の実家が提灯屋だからよ」

「せいぜい安くしてもらいな」

「気張ってつくってくれるぜ」

座敷の火消し衆が口々に言った。

「看板は堂前の師匠に頼むんですよね」

庄兵衛が訊いた。

「お願いできればと」

寿助は軽く頭を下げると、手に渡った焼き握り茶漬けをさっそく食べはじめた。

おちかも続く。

「おいしい」

おちかの口から言葉がもれた。

醤油のしみた焼き握りと茶漬け、それに薬味のおろし山葵と刻み海苔《のり》がえも言われぬ響き合い方だ。

「そうそう、小太郎の気に入りの稲荷寿司屋があっちのほうにあって、毎日通ってるんだよ。ついでにつないで来させよう」

善太郎が段取りを進めた。

「そうしていただければ助かります」

おちかが笑顔で言った。

二

堂前の師匠こと初代三遊亭圓生と弟子の三升亭小勝《みますていこかつ》がなみだ通りに姿を見せたのは、それから三日後のことだった。

「まずは普請場を見させてもらいましょうか」

小太郎の案内でやってきた噺家《はなしか》が言った。

かなりの高齢だが、血色は良く、声にも張りがある。

「なら、ご案内します」

小太郎が身ぶりをまじえた。

江戸じゅうの稲荷寿司の舌だめしをして、やっとこれはという味に巡り合った。勇を鼓して掛け合ったところ、うちの味でいいのならとあるじは快くつくり方を教えてくれた。

いまは朝から修業に出かけている。泪寿司が燃えてしまって気落ちしていたころとは顔つきが違った。

「わたしも行きましょう」

善太郎も続いた。

「禍《わざわい》転じて福となすって言いますから」

小勝が笑みを浮かべた。

「なら、それで謎かけを」

圓生が藪《やぶ》から棒に言った。

「えー、いきなりそれは」

弟子がうろたえる。

「これも修業のうちだよ」

古参の噺家が笑った。

「では……泪寿司、いや、新たにできる本所寿司とかけて、これから行くやぶ重と解きます」

「そのココロは？」

圓生が問うた。

「泪はこれで終わりでしょう」

小勝は通りの行く手を指さした。

「なるほど。なみだ通りの突き当たりと、泪の終わり、つまり、悲しいことはもう起こらないというわけか」

元締めの善太郎がうなずいた。

「ちと回りくどいですが、ご勘弁を」

小勝がおどけたしぐさをした。

「まあ、せいぜい梅の中《ちゅう》くらいだな」

師匠の評価は厳しかった。

「下《げ》じゃなくてよかったです」

小勝が苦笑いを浮かべる。

「こちらです」

小太郎が手で示した。

ちょうど寿助が出てきた。おちかも一緒だ。

「師匠を案内してきたよ」

小太郎が告げた。

「堂前から、看板書きがやってまいりました」

圓生が芝居がかった口調で言った。

「よろしゅうお願いいたします」

寿助が頭を下げた。

「お世話になります。どうぞよしなに」

おちかも笑顔で一礼した。

「もうすっかりおかみの顔だねえ」

圓生も笑みを返した。

三
「いい按配《あんばい》の見世になりそうですな」

普請がだいぶ進んだ本所寿司をひとわたり見てから、圓生が言った。

「看板はこれでお願いします」

寿助が手で示した。

「こりゃあ、いい木目《もくめ》ですな」

小勝が世辞抜きで言う。

「いちばんいい木を選びましたから」

寿助が自慢げに答えた。

「なら、やぶ重の座敷へ。話は伝えてありますので」

善太郎がうながした。

「さすがは元締め、やることが早い」

圓生が笑みを浮かべた。

そんなわけで、一同はやぶ重に移った。もちろん、寿助とおちか、それに小太郎も一緒だ。

「これから看板書きで」

圓生が言った。

「正しくは、看板の元になる字書きで」

小勝が横合いから言った。

「師匠の字をなぞって、看板に彫りこんでから墨を入れるんです」

寿助が筆を動かすしぐさをした。

「見世に魂が吹きこまれるわけですね」

あるじの重蔵《しげぞう》が出てきて言った。

「とんだ魂ですが」

圓生が笑った。

ほどなく、支度が整った。

「では、お願いいたします」

寿助が頭を下げた。

「お願いします」

おちかも続く。

「なら、気合をこめて」

噺家の顔つきが珍しく引き締まった。

みなが見守るなか、初代三遊亭圓生はやおら筆を執《と》ると、うなるような字でこう記した。

本所寿司

止め撥《は》ねにめりはりの利いた、ほれぼれするような字だ。

「この看板だけで千客万来ですね」

やぶ重のおかみが言った。

「うまいこと言うね、おかみ」

小勝が笑う。

「まあ、こんなもんでしょう」

圓生も満足げに言った。

「さすがは師匠」

善太郎が持ち上げる。

「いい字ですよ」

小太郎も感心の面持ちで言った。

「ありがたく存じます。気張って彫っていい看板にしますので」

寿助がまた頭を下げた。

「看板に恥じないようなお見世にします」

おちかも和した。

「できれば、もう一枚、小ぶりのやつをお願いしたいんですが」

小太郎が控えめに指を一本立てた。

「本所寿司をもう一枚？」

小勝がいぶかしげに問うた。

「いや、『いなりずし』とやわらかい平がなでお願いしたいんですが」

小太郎は答えた。

「なるほど。屋台をやるんだってね」

と、小勝。

「はい。狐《きつね》のお面を頭に載せて売るつもりで」

小太郎は笑みを浮かべた。

「なら、楽しい感じで書きましょうや」

圓生は再び筆を執った。

いなりずし

ほっこりするような字が書きあがった。

「これもおいらが彫るから」

寿助が笑みを浮かべた。

「頼むよ」

小太郎がいい表情で答えた。

「では、本日のつとめはおしまいで」

圓生が両手を打ち合わせた。

それを待っていたかのように蕎麦が運ばれてきた。

「なら、さっそくいただきますよ」

圓生はそう言うと、扇子を取り出し、音を立てて蕎麦を啜る芸を披露しはじめた。

「蕎麦屋にふさわしい芸ですな」

元締めが笑う。

「では、師匠の分の蕎麦はわたしがいただきますんで」

小勝が手を伸ばした。

「そんな殺生《せっしょう》な」

圓生が芸をやめ、なさけなさそうな顔をつくったから、やぶ重の座敷に笑いがわいた。

四

看板の次の支度は、提灯だった。

おちかの実家が提灯屋だから、これは話が早い。

「縦に長い提灯でいいんだな？」

父の三五郎がたずねた。

「うん。赤提灯でお願い」

おちかが答えた。

普請は左官による壁塗りが終わり、いよいよ畳が入る。今日は寿助が一人で鉋《かんな》をかけていた。

看板もおおむねできた。あとは墨を入れて乾くのを待てば出来上がりだ。

「屋台のほうはどうしましょう」

おかみのおうのがたずねた。

小太郎が一緒に来ていた。

「あんまり遅くまでやらないからどうしようかとも思ったんですが……」

稲荷寿司の屋台を出す男は、そう前置きしてから続けた。

「せっかくなので、変わった目立つ提灯をと」

小太郎はそう言うと、狐のお面を頭に載せた。

「ひょっとして、狐の形の提灯かい？」

上州屋のあるじがたずねた。

「図星で」

稲荷寿司の修業をしている若者が笑みを浮かべた。

「字を入れにくいかも」

おちかが小首をかしげた。

「字はなくてもいいですよ。看板はべつにあるんで」

と、小太郎。

「なら、赤い狐の形をした目印の提灯ですね」

おうのが訊いた。

「そのとおりで」

小太郎が答えた。

「できそう？　お姉ちゃん」

おちかが次姉のおたえにたずねた。

「やってみるしかないわね」

奥で仕事をしていた女提灯職人が手を止めて答えた。

「どうかよろしゅうに」

小太郎が深々と頭を下げた。

「屋台のあるじらしくなってきたね」

三五郎が笑みを浮かべた。

「修業のほうも、もうちょっとで終《しま》いなんで」

小太郎は明るい顔で答えた。

「そのうち、いろいろ舌だめしをさせてもらうことになってるんです」

おちかが言った。

「舌だめしなら、いくらでも」

上州屋のおかみが愛想よく言う。

「へい、よしなに。変わった稲荷寿司もいろいろ思案してるので」

泪寿司が焼けた当初はしおたれていた若者は、見違えるような顔つきで答えた。

五

「はい、お団子どんどん焼いてるよー」

幸吉のいい声が響いた。

「焼き団子に、みたらし団子、どちらも一本四文ね」

女房のおさちがわらべたちに言った。

川開きの頃合いにややこが生まれることになっているが、まだ当分先だ。元相撲取りの幸吉とともに幸福団子の屋台で気張っている。

「おいら、焼きを一本だけ」

寺子屋帰りとおぼしいわらべが指を一本立てた。

「おいらはみたらしを二本」

べつのわらべが注文する。

「銭があるなあ」

「えー、八文だよ」

「四文の倍じゃないかよ」

わらべたちが掛け合う。

「おいちゃんは見習い？」

わらべの一人が、頭に狐のお面を載せた男にたずねた。

「まあ、見習いみたいなもんだよ」

小太郎が笑って答えた。

「稲荷寿司の屋台をそのうち出すんで、みんな買ってあげてね」

おさちがわらべたちに言った。

「へえ、稲荷寿司か」

「おいらの好物だ」

「団子の隣？」

女のわらべが問うた。

「泪寿司が焼けちゃって、本所寿司っていう見世に変わるんだ。そのちょっと手前に出そうかと思ってる」

小太郎が答えた。

「うちのお団子、稲荷寿司、天麩羅、風鈴蕎麦っていう屋台の並びね」

おさちが言った。

「庄兵衛さんのおでんと蒲焼きは出る場所が変わるから」

幸吉が言い添えた。

「にぎやかになっていいね」

「食べるよ、稲荷寿司」

「楽しみ」

わらべたちは口々に言った。

「もうちょっとで出せるから、待っててな」

小太郎が白い歯を見せた。

六

藺草《いぐさ》のいい香りが漂っている。

本所寿司の普請はいよいよ大詰めを迎えた。

「いい按配じゃねえか」

検分に来た万組の棟梁の万作が満足げに言った。

「おかげさんで、上々の仕上がりで」

寿助が笑みを浮かべた。

畳屋の働きで、真新しい畳が入った。若い畳がいい香りを漂わせている。

「あとは看板と提灯だけだな」

元締めの善太郎が言った。

「刷り物も」

寿助が答える。

「それも手配してるんだろう?」

万作が問うた。

「ええ。小勝師匠が文案を思案してくださったんで」

寿助が笑顔で伝えた。

おちかとおそめが茶を運んできた。小太郎は倹飩箱《けんどんばこ》だ。

「稲荷寿司をいろいろつくってみたんで、舌だめしをお願いできればと」

小太郎が言った。

「おう、食うぜ」

万組の棟梁が右手を挙げた。

「なら、真新しい座敷で」

おちかが手で示した。

「せっかくの真新しい畳を汚しちまったら相済まねえが」

と、棟梁。

「なに、見世が始まったらすぐ汚れるんで」

寿助が笑みを浮かべた。

そんなわけで、座敷に上がったり腰かけたりして、小太郎がつくってきた稲荷寿司の舌だめしをすることになった。

「まず、これは普通の稲荷寿司で」

小太郎が初めの品を出した。

さっそく皿に手が伸びる。

「お揚げがふっくらしてておいしい」

おそめが笑みを浮かべた。

「酢飯の酢はもう少しきつくてもいいんじゃないか?」

善太郎が言った。

「ちょうどいいと思ったんだけど」

小太郎が首をひねる。

「酢はだんだんに抜けていくから、あらかじめもう少しきつくしておいたほうがいいような気が」

おちかが言った。

「なるほど。そのとおりかも」

小太郎はうなずいた。

「でも、うめえよ。これなら充分だ」

寿助が太鼓判を捺した。

「修業した甲斐《かい》があったわね」

おそめも笑みを浮かべた。

「ほかにもいろいろつくってきたから」

小太郎は勇んでほかの品を出した。

胡麻稲荷は白胡麻と黒胡麻の二種を出した。細切りにした沢庵《たくあん》を載せたもの、刻み昆布と鰹節《かつおぶし》を具にしたもの、さらに、切干大根の煮物を載せた変わり稲荷もあった。

「切干大根の煮物には細切りの油揚げを入れたりするから思いついたんで」

小太郎が種明かしをした。

「かみ味が違っておいしいわね。これならお惣菜の残りを使えるし」

と、おそめ。

「それも考えて思いついたんだよ、おっかさん」

小太郎が得意げに言った。

「ただ、もうひと工夫できるかも」

舌だめしを終えたおちかが言った。

「もうひと工夫？」

小太郎が身を乗り出した。

「うん。お揚げが甘いし、切干大根も甘いから、ちょっとくどいような気もするの」

おちかが言った。

「なるほど、そうすると……」

小太郎は腕組みをした。

「切干大根を辛めに炒めたらどうだ？　唐辛子とか入れて」

寿助が案を出した。

「ああ、そうか」

小太郎は手を打ち合わせた。

「そりゃうまくなるぞ。この沢庵も塩気と揚げがいい塩梅で響き合ってるからな」

万組の棟梁が言った。

「胡麻稲荷は白も黒もおいしいわね。みんな胡麻でもいいくらい」

おそめが笑みを浮かべた。

「五つくらいそろえて経木《きょうぎ》の箱に入れたら、いい土産になると思う」

善太郎も手ごたえありげに言った。

「うちも負けてられねえな」

寿助が女房の顔を見た。

「気張ってやりましょう」

おちかが笑顔で言った。

第六章　刷り物配り

一

刷り物ができた。

本所寿司、次の午《うま》の日、いよいよ見世びらき
本所相生町、河岸から二番目なみだ通りなかほど
にぎり、ちらし、おし、なんでもうまい
座敷有り升《ます》
持ちかへり、折詰も
惣菜いろいろ、はかりうり

寿司と惣菜いちどきに
味自慢、本所のほまれ
本所寿司、いよいよ見世びらき也《なり》

字ばかりではない。

寿助がいなせに寿司を握る絵も巧みに入っていた。

噺家は顔が広いから、絵師にも知り合いがいる。なかなかに堂に入った筆さばきだ。

さらに、刷り物の隅のほうには屋台の紹介もなされていた。

いなりずしの屋台もなみだ通りに登場
本所寿司より回向院寄り
変はりいなりも有り升

こちらには狐のお面が描かれていた。

「いい仕上がりね」

おちかが目を細めた。

「なら、今日は降ってないし、風もねえから、さっそく刷り物配りだ」

寿助が乗り気で言った。

そこへ、小太郎が入ってきた。

頭に狐のお面を載せている。

「これから刷り物配りだって、おっかさんから聞いたんで」

小太郎が笑みを浮かべた。

「刷りたてのを小勝師匠が届けてくださったんで」

おちかがさっそく刷り物を渡した。

「わあ、いい香りだ」

小太郎が声をあげた。

「そりゃ刷りたてだから。本所寿司の畳とおんなじだ」

と、寿助。

「両国橋の西詰の小屋で寄席があるから、そのあたりで配ってたら師匠たちが顔を出すそうですよ」

おちかが伝えた。

「なら、さっそく行って配りましょう」

小太郎が水を向けた。

「おう。気張っていこうぜ」

寿助が白い歯を見せた。

二

「おっ、これから刷り物配りだな」

善太郎が声をかけた。

「へい。まずは寄席の小屋がある西詰で」

寿助が刷り物の束をかざした。

「西詰だったらすぐなくなっちゃうわよ」

おそめが言う。

「もしそうなったら、刷り増ししていただきます。東詰や回向院の近くでも配りたいので」

おちかが笑みを浮かべた。

「そうね。なるたけ多いほうがいいわね」

おそめがうなずく。

「とにかく、今日は西詰で配ってくるよ」

小太郎がいい声を響かせた。

「ああ、気張っておいで」

善太郎が送り出した。

話をしながら去っていく三人の背を、善太郎とおそめは見送った。

「一時はどうなることかと思ったけど、これでひと安心ね」

おそめが感慨深げに言った。

「いや、心配は続くがな。稲荷寿司が売れなかったら、あいつ、またしょげちまうだろうから」

善太郎が少し首をひねった。

「あの味だったら大丈夫よ」

と、おそめ。

「だといいんだがな。あいつにはどうも波があるから」

善太郎はまだはっきりしない顔つきだった。

そこへ、万組の大工衆が通りかかった。今日はべつの普請場だ。

「そうかい。刷り物配りかい」

話を聞いた棟梁の万作が笑みを浮かべた。

「寿助さんもおちかちゃんも張り切ってました」

おそめが笑みを返した。

「寿助も寿司屋のあるじだな」

「せいぜい通うからよ」

「惣菜も買いに来てやらあ」

気のいい大工衆が言った。

「ありがたく存じます。うちの子の稲荷寿司もよしなに」

おそめが母の顔で言った。

「おう。食うぜ」

「小太郎も気張ってるからよ」

「普請場の帰りにつまむのにちょうどいいや」

すぐ声が返ってきた。

「本所のみなで守り立てるからよ。気張ってやってくんな」

万作が言った。

「ありがたく存じます」

「どうかよしなに」

元締めの夫婦がていねいに頭を下げた。

三

「本所寿司、近々見世びらきですー」

おちかのよく通る声が響いた。

「刷り物をどうぞ」

寿助が笑顔で渡す。

むろん、邪魔そうに素通りしていく者も多かったが、たまに受け取ってくれる人もいた。

「あの辺に『泪寿司』ってのがあったけど、新たにできるのかい」

刷り物に目を通した職人風の男がたずねた。

「いえ、『泪寿司』は焼けちまったもんで」

寿助が答えた。

「火付けに遭ってしまったんです」

おちかが包み隠さず伝えた。

「そうかい。そりゃ大変だったな」

男は気の毒そうな顔つきになった。

「幸い、建て直すことができまして、名を『本所寿司』と改めてまた始めることに」

寿助が告げた。

「どうかよしなにお願いいたします」

おちかがすぐさま頭を下げた。

「おう、あっちのほうに知り合いも住んでるから、刷り物を渡してやるよ。気張ってやりな」

男はそう言って励ましてくれた。

その後もひとしきり刷り物配りが続いた。

たまたま線香の千次が通りかかった。

「おっ、刷り物配りかい」

下っ引きが声をかけた。

「はい、もうちょっとでなくなります」

おちかが明るい表情で答えた。

「狐のお面はいいけど、おめえさんらはもっと派手な恰好《かっこう》でもいいんじゃねえか？」

千次は寿助とおちかのほうを手で示した。

たしかに、小太郎は頭に狐の面を載せているが、本所寿司のあるじとおかみになる夫婦はいつものいでたちだ。

「たとえば、どんな恰好でしょう」

おちかが問う。

「おめえさんは、髷に派手なつまみかんざしでも挿せばいい。蝶々《ちょうちょう》とかよ」

千次は身ぶりをまじえた。

「ああ、そりゃいいかも。……はい、本所寿司と稲荷の屋台で」

刷り物を配りながら、小太郎が言った。

「おいらはどうしましょう」

寿助がおのれの胸を指さした。

「そうさな」

千次はしばし腕組みをして思案してから続けた。

「半裃《はんがみしも》がいいんじゃねえか？　背中に『本所寿司』って名を入れてよ。なみだ通りの絵図も入れられるなら入れればいいぜ」

下っ引きはそんな知恵を出した。

「ああ、そりゃあ目立ちますね」

寿助が乗り気で答えた。

そこへ、前座を終えた小勝が姿を現した。

「どうっすかい、刷り物配りの調子は」

噺家がたずねた。

「わりかたもらっていただいています」

おちかが笑顔で答えた。

「引札入りの半袢を着て配ればどうかっていう話をしてたところで」

寿助が言う。

「おいらが知恵を出したんだ」

千次が自慢げに髷を指さした。

「ああ、そりゃいいですね。寄席に頼めば、すぐつくってもらえますよ」

小勝が言った。

「それは渡りに船で」

おちかが笑みを浮かべた。

「なら、さっそく手配しましょう」

噺家が両手を打ち合わせた。

かくして、また一つ段取りが進んだ。

四

支度は整った。

寿助はできたばかりの半袢を身に着け、おちかは髷につまみかんざしを挿した。

明るい山吹色《やまぶきいろ》の蝶々で、風にもなびくから目立つ。

今度は両国橋の東詰で刷り物を配った。

西詰ほどではないがこちらも繁華で、夕方までにぎわっている。

今日は庄兵衛のおでんの屋台も一緒だった。

「大根に厚揚げ、おまけにじゃがたら芋もあるよ。ほっこり煮えたおでんだよー」

庄兵衛はいい声を響かせた。

「本所寿司、まもなく見世びらきですー」

おちかも負けじと言う。

「押しにちらしもあるよー」

寿助は次々に刷り物を差し出した。

「稲荷寿司の屋台も出ます」

小太郎も続く。

「惣菜もとりどりにそろってるよ。おでんと本所寿司で食い物は決まり」

庄兵衛が笑みを浮かべた。

「なんでえ、よその引札もやってるのかい」

通りかかった男が声をかけた。

「おんなじなみだ通りなんで。今日はちょいとここまで出張ってきてますが」

庄兵衛が答えた。

「そうかい。なら、大根と厚揚げをくんな」

屋台を覗《のぞ》きこんでから、男が注文した。

「へい、ありがたく存じます」

俳諧師でもある男がさっそく手を動かした。

「本所寿司、まもなく見世びらきですー」

蝶々を風になびかせながら、おちかが刷り物を配る。

「本所の寿司屋は与兵衛鮨が有名だな」

刷り物を受け取った男が言った。

「へい、その下あたりでやらせてもらえればと」

寿助が答える。

「負けねえようにやんな」

男が笑って励ました。

「気張ってやります」

もうおかみの顔で、おちかが答えた。

「おお、大根に味がしみててうめえ」

初めの男が笑顔で言った。

「ありがたく存じます。本所の人情の味なんで」

庄兵衛が答えた。

のちに、俳諧師東西はこう詠《よ》んだ。

人情や本所のおでん煮えるなり

五

「全部ここで配ってくか？」

寿助が訊いた。

「そうねえ。回向院の近くでも、できれば配れればと」

おちかが答えた。

「近場だからな」

小太郎も言う。

「なら、引き返すか」

寿助が歩きだした。

「与兵衛鮨さんにあんまり近いところはよしたほうがいいよ」

と、おちか。

「そうだな。ただ、与兵衛鮨へ来るお客さんに渡すのが手っ取り早いような気も」

寿助が言う。

「さすがに列に並んでるお客さんに渡すのは、喧嘩《けんか》を売ってるようなもんだから」

小太郎が慎重に言った。

「だったら、ちょっと離れたところで」

おちかが身ぶりをまじえた。

このあたりなら良かろうと思われる通りの端で、三人は残った刷り物を配りはじめた。

「本所寿司、まもなく見世びらきですー」

おちかが先んじて声をあげた。

「持ち帰りもできます。どうぞよしなに」

寿助が続く。

「稲荷寿司の屋台も出ますんで」

小太郎も続いた。

「与兵衛鮨があるのに、また見世を出すのか」

泪寿司は知らないらしい客が、刷り物をちらりと見て言った。

「うちは気軽に食べていただくお見世なので」

おちかが笑みを浮かべた。

「ふん」

与兵衛鮨のなじみとおぼしい客は鼻を鳴らした。

江戸の三鮨に数えられる名店、与兵衛鮨は、本所回向院の近くに一昨年にのれんを出した。これが大変な当たりを取り、江戸じゅうから客が詰めかけるようになった。

あるじの華屋《はなや》与兵衛は、もともとは蔵前《くらまえ》の札差《ふださし》の手代《てだい》だった。金廻りが良かったのが仇《あだ》となり、不相応な贅沢《ぜいたく》をして身上をつぶし、ひと頃は本所横網《よこあみ》の裏店《うらだな》に逼塞《ひっそく》していた。

さりながら、遊び歩いているころにさまざまな舌だめしをしたことが役に立った。酢じめにした小鰭《こはだ》の寿司を岡持《おかもち》に入れて売り歩いたところ、大評判となって飛ぶように売れた。勢いを得た与兵衛は、岡持の振り売りから屋台、さらに見世へとあきないを広げていった。

こうしてのれんを出した与兵衛鮨は、まだ珍しい握り寿司で江戸じゅうの評判をかっさらった。寿司飯に山葵を入れたのが工夫で、これまでは芳しくなかった夏場の寿司の保《も》ちも格段に良くなった。

寿司に加えて緑茶を出したのも与兵衛の知恵だった。見世の前にはいつも行列ができ、弟子もだんだんに増えた。

その与兵衛鮨からさほど遠からぬところで、なみだ通りの三人はさらに刷り物を配った。

「本所寿司、どうかよろしゅうに」

おちかが笑顔で刷り物を差し出す。

「うまい寿司と惣菜です。持ち帰りもできますんで」

寿助が和す。

「稲荷寿司の屋台も出ますよ」

小太郎が狐の面に手をやった。

「両国橋の西詰や東詰と違って、そうそう人は来ねえな」

人通りがとだえたところで、寿助が言った。

「そりゃ仕方ないわよ。近くに来てくださった方に受け取っていただければ」

おちかが答えた。

「おや、あれは？」

小太郎が指さした。

通りの奥のほうから、紺の作務衣姿の男が一人、急ぎ足で近づいてきた。

頭にはいなせな鉢巻きを締めている。

「おう、寿司屋を出すんだってな。一枚くんな」

目つきの鋭い男が歩きながら手を差し出した。

「ありがたく存じます。どなたにお聞きになったんで？」

おちかはそう言って刷り物を渡した。

「うちの客だ。いまは弟子にやらせてる」

男はにやりと笑って答えた。

「すると、あなたは……」

おちかの顔に驚きの色が浮かんだ。

ひと呼吸置いて、男は名乗った。

「華屋与兵衛だ」

六

与兵衛鮨のあるじは、受け取った刷り物にその場で目を通した。

「泪寿司を建て直したのかい」

読み終えるなり、与兵衛は寿助にたずねた。

客から聞いて、いきさつを知っているらしい。

「へい。寿司職人だったおとっつぁんが亡くなり、泪寿司が火付けで燃えちまって、難儀続きだったんですが」

寿助は答えた。

「火付けの話は聞いた。気の毒なことだったな」

与兵衛は言った。

「腕はまだまだ甘いですが、気軽につまめる寿司と惣菜をあきなわせていただきますんで、どうかよしなに」

寿助は頭を下げた。

「酢飯の塩梅は舌が覚えてるか？」

与兵衛は問うた。

「おとっつぁんから教わったんで」

寿助は硬い笑みを浮かべた。

「寿一さんだったな。愁傷《しゅうしょう》なこって」

与兵衛は軽く頭を下げた。

「おとっつぁんも江戸ではわりかた早く握りを始めたんで」

と、寿助。

「寿司を食ったことはねえが、腕は良かったと聞いてる。酢飯さえ間違わなきゃ、あとはいいたねを仕入れて出すだけで客は満足するからよ」

与兵衛は笑みを浮かべた。

「へい、気張ってやります」

寿助は引き締まった顔つきで答えた。

「そっちは稲荷寿司かい？」

与兵衛鮨のあるじは、今度は小太郎にたずねた。

「へい。泪寿司のあるじだったんですが、握りは寿助のほうが向いてるんで、おいらはい
ろいろ舌だめしをして、稲荷寿司の屋台からやり直そうと」

小太郎は答えた。

「そいつぁいい心がけだ。おれも岡持に小鰭の寿司を入れて売り歩くところからやり直したからよ。気張ってやりな」

与兵衛はそう言って励ました。

「へい、ありがたく存じます」

小太郎は深々と一礼した。

「なら、気張ってやんな、おかみ」

最後に、与兵衛はおちかに声をかけた。

「はい、精一杯やります」

蝶々のつまみかんざしを挿したおちかは、花のような笑顔で答えた。

第七章　見世びらき

一

先に船出をしたのは、小太郎の稲荷寿司の屋台だった。

「なら、行ってきます」

小太郎が屋台を担《かつ》いで言った。

「ちょいと顔つきが硬いよ、おまえ」

おそめがすかさず言った。

「そりゃ初めての船出だからな」

善太郎が笑みを浮かべた。

「楽にいけ、小太郎」

見送りに来た寿助が言った。

「そうそう、笑顔で」

おちかも和す。

「あの味だったら大丈夫だから」

と、おそめ。

「肩の力を抜いていけ」

善太郎が腕を軽く回してみせた。

「力を入れないと担げないから」

小太郎が答えた。

「そんな軽口が出るなら大丈夫だな」

寿助が笑みを浮かべた。

「ああ、気楽にやってくる」

小太郎はそう言うと、みなに見送られて船出をしていった。

「心配だけど、見守ってるわけにもいかないから」

せがれの後ろ姿を見送ってから、おそめが言った。

「わたしの寺子屋仲間だった子たちにも声をかけてありますので」

おちかが表情をやわらげた。

「おいらは万組の仲間に言ってあるんで」

寿助も白い歯を見せた。

「売れればいいけどねえ」

おそめはまだ案じ顔だった。

「売れなくても落ちこまなきゃいいんだが」

善太郎もいくらかあいまいな顔つきになった。

「あとで見に行って、呼び込みもしてきますから」

おちかが笑顔で言った。

「悪いわねえ、本所寿司の支度もあるのに」

おそめがすまなそうに言う。

「いえ、あとはもう看板と提灯を出すだけですから」

おちかは答えた。

「あさってが見世びらきなんで、そろそろ寿司に塗るつめなどの仕込みに」

寿助が引き締まった表情で言った。

「いよいよだな」

善太郎が言った。

「へい」

「楽しみにしてます」

本所寿司の夫婦がいい顔つきで答えた。

二

「えー、稲荷寿司、一つ四文。おいしいお揚げで、胡麻入りの稲荷寿司だよー。さあ、いらっしゃい」

小太郎の声が響いた。

一本四文の幸福団子と値は同じだ。そのあたりは相談して決めた。団子と同じく、わらべも買いに来るため、あまり高い値はつけられない。稲荷寿司の大きさはよそより小ぶりだ。この量ならわらべでも楽に胃の腑に入る。

大人は物足りないかもしれないから、代わりに胡麻を散らした。白胡麻か黒胡麻か迷ったが、仕入れの値を思案して白胡麻にした。これで味に深みが出る。

沢庵や切干大根の煮物など、変わり稲荷もいろいろ思案しているが、まずは胡麻入りだけにした。本所寿司が見世びらきをしたら、そちらの惣菜を使うという手もある。

ややあって、初めの客が来た。

わらべではなかった。

おちかと同じ歳恰好の二人の娘だ。

「いらっしゃい」

狐のお面を頭に載せた小太郎が声をかけた。

「まず一つずつ、いただけますか」

背の高いほうが注文した。

「承知しました。一つ四文ですが、後払いで」

小太郎はそう言うと、皿に稲荷寿司を載せて差し出した。

「わあ、おいしそう」

小柄なほうの娘が瞳を輝かせた。

目がくりっとした小町娘だ。

「経木で包んだ持ち帰りもできますんで」

小太郎の顔に笑みが浮かんだ。

「では、さっそくいただきます」

「いただきます」

二人の娘は稲荷寿司に手を伸ばした。

その様子を、だいぶ離れたところからひそかにおちかがうかがっていた。

背が高いほうがおつた、小柄なほうがおさよ。どちらも一緒に寺子屋や習いごとに通った幼なじみだ。

「わあ、おいしい」

おさよが食すなり、声をあげた。

「ほんと、お揚げがふっくらで甘くて」

おつたが笑みを浮かべる。

「酢飯はどうですかい？」

小太郎が問う。

「ちょうどいい加減で」

「胡麻の風味も利いてます」

おちかの幼なじみたちが答えた。

「これなら、もう一つ」

おさよが指を一本立てた。

「わたしも」

おつたも続く。

「へい、ありがたく存じます」

小太郎はさっそく手を動かした。

様子をうかがっていたおちかのもとへ、寿助がそっと歩み寄ってきた。

「どうだい、調子は」

声をひそめて問う。

「いい感じよ。お稲荷さんの評判もいいみたい」

おちかが答えた。

「そのうち、うちの組も顔を出すから」

寿助が言った。

「あっ、わらべたちが来た」

おちかが控えめに指さした。

なみだ通りの向こうから、四、五人のわらべがつれだってやってきた。

三

「またよしなにお願いします」

小太郎が明るい顔で言った。

「ええ、おいしかったので」

おつたが笑顔で答えた。

「お土産もできたし」

おさよが経木の包みをかざした。

持ち帰りの稲荷寿司を包むのにいささか手間取ったが、どうにかこなせた。場数を踏んでいけば、もっと手際が良くなるだろう。

「うんめえ」

「一つ四文なら、団子と迷うよ」

稲荷寿司を食べながら、わらべたちが言った。

「両方買ってくんな」

小太郎は笑顔で言った。

「なら、また」

おつたが右手を挙げた。

「毎度ありがたく存じます」

小太郎はていねいに頭を下げた。

二人の娘がまだ看板を出していない本所寿司のほうへ戻ってきた。

「お疲れさま」

おちかが労をねぎらった。

「お愛想を言おうと思ってたのに、ほんとにおいしかった」

おつたが笑みを浮かべた。

「あの味なら大丈夫ね」

おさよも太鼓判を捺す。

「ああ、よかった。ひとまずほっとしたわ」

おちかが胸に手をやった。

「今度はうちの番だな」

寿助が白い歯を見せた。

「負けないようにしないと」

おちかが笑みを返した。

四

真新しい看板が出た。

本所寿司

もう墨が入っている。

圓生の字が日の光を浴びて悦《よろこ》ばしく輝いていた。

提灯も出た。

稲荷寿司の屋台もそうだが、おちかの次姉のおたえが腕によりをかけてつくってくれた。

上々の仕上がりだ。

あとはいよいよ見世びらきだ。寿助は厨で仕込みに余念がなかった。惣菜の昆布豆などは前の日からつくりはじめる。

見世の前には貼り紙も出した。

本所寿司　あす見世びらき
ひるより見世びらきの中食《ちゅうじき》　ちらし寿司膳
三十食かぎり　四十文

中休みのあと　お酒とさかな、にぎりなど
八つごろより　お惣菜とりどり

「おっ、いよいよだな」

普請場帰りの万組の棟梁が声をかけた。

「へい、気を入れてやりますんで」

寿助は笑顔で答えた。

「三十食は少なかねえか？」

「すぐ売り切れちまうぜ」

大工衆が口々に言う。

「厨は一人でやるもんで。仕込みもあるし、中食の膳は三十がいいとこで」

寿助は答えた。

「中食は毎日やるのかい？」

万作がたずねた。

「寿司の引札にもなるからやりたいのはやまやまなんですが、そのあと肴と惣菜もありますんで」

と、寿助。

「屋台ほど遅くまではやりませんけど、せっかく提灯もつくったんで」

おちかが笑みを浮かべた。

「なら、中食は見世びらきだけかい」

「そりゃ残念だな」

大工衆が言う。

「いや、仕込みによってはやりますよ。毎日やることにしたら、仕込みの悪いときに困るんで」

寿助が答えた。

「中食があるときは貼り紙でお知らせしますので」

おちかも言う。

「それなら、三十食くらいにしといたほうがいいな」

万作が言った。

「はい。それで控えめに」

おかみの顔で、おちかが答えた。

「とにかく、気張ってやんな」

「普請場が終わったら呑みに来るからよ」

「うめえ寿司と肴を食わしてくんな」

気のいい大工衆が言った。

「お待ちしております」

おちかが笑顔で頭を下げた。

五

幸い、いい日和《ひより》になった。

看板と提灯に加えて、のれんもできていた。

ここにも見世の名を記すのはいささかくどいので、無地ののれんにした。

おちかの提案で、何色か用意しておき、季節に合わせて替えていくことにした。

「まだ花時じゃないけど」

おちかがそう言って出したのは、明るい桜色ののれんだった。

「いいじゃねえか。ひと足早い花ざかりだ」

紺色の作務衣をきりっとまとった寿助が笑みを浮かべた。

「あ、いらっしゃいまし」

おちかが声をかけた。

「おれらが皮切りか？」

「そりゃ験《げん》がいいぜ」

本所寿司の普請にも力を貸してくれた左官衆が入ってきた。

「先を越されちまったぜ」

「三十食かぎりだからよ」

「売り切れねえうちに食わねえと」

負けじとばかりに、そろいの半纏姿の万組の大工衆も来た。

「空いているお席にどうぞ」

おちかが身ぶりをまじえる。

「どんどん出しますんで」

手を動かしながら、寿助が言った。

大工衆に続いて、近所に住む隠居や武家も真新しいのれんをくぐってきた。

「小鰭の酢じめに錦糸玉子に山菜、彩りがいいじゃないか」

ちらし寿司の桶《おけ》を見るなり、隠居が言った。

「味もいいですぜ、ご隠居」

「酢飯の塩梅がちょうどいいや」

先客の大工衆が言った。

「うん、味噌汁もうまい」

先に汁を啜った隠居が笑みを浮かべた。

筋のいい豆腐屋から仕入れた豆腐と油揚げの味噌汁が膳につく。

「毎日やんなよ、寿助」

「この先も楽しみだぜ」

大工衆が言う。

「なるたけ、やるようにします」

寿助は笑みを浮かべた。

その後も客は次々に訪れた。

さほど広からぬ見世ゆえ、外まで列ができたほどだ。

「あと何膳？」

待ち客を数えたおちかが短く問うた。

「……十膳で」

残りをたしかめてから、寿助が答えた。

「相済みません。ここで打ち切らせていただきます」

おちかがすまなそうに言った。

「切られちまったぜ」

「仕方ねえや」

職人風の男たちは、文句を言わずに去っていった。

おちかは貼り紙を急いで替えた。

本日の中食うりきれました
またのおこしを
本所寿司

そう記されていた。

六

中食の三十食はまたたくうちに売り切れた。

おちかはいったんのれんをしまった。

「よし、次は酒と肴だな」

寿助が両手を打ち鳴らした。

「お惣菜もね」

座敷の後片付けをしながら、おちかが言った。

おそめも元締めの厨で惣菜をつくっているが、むろん本所寿司でもつくる。今日は切干大根の煮物に小鯛《こだい》の焼き物、青菜の胡麻和えに金平牛蒡《きんぴらごぼう》にするつもりだった。

「おそめさんは高野豆腐の含め煮とおからみたいだから、ちょうどいいわね」

おちかが言った。

同じものが重ならないように、あらかじめ相談してある。

「そうだな。握りのほかに、刺身やあら煮などを出そう」

寿助が気の入った声で答えた。

ほどなく、元締めの善太郎が様子を見にやってきた。

「中食は売り切れたそうだね」

善太郎は笑みを浮かべた。

「ええ、おかげさまで」

おちかが頭を下げた。

「毎日やってくれって言われました」

寿助が言った。

「やるのかい」

と、善太郎。

「必ずやるとなったら、仕入れが薄いときに困りますから。お茶を濁すようなものを出すわけにはいかないし」

「そのあたりは仕入れと相談で」

本所寿司の夫婦が答えた。

ややあって、小太郎も顔を見せた。

「売り切れたそうで何よりだね」

稲荷寿司の屋台のあるじが言った。

「おかげさんで」

寿助が軽く右手を挙げた。

「そうそう、今日は降りそうにないけど、仕込んだあとに雨降りで屋台を出せない日だってあるよね」

小太郎が言った。

「ああ、それならうちで大鉢に山盛りにして持ち帰りもやればどうでしょう」

おちかが身ぶりをまじえた。

「それを頼もうと思ってたんだ」

小太郎が笑みを浮かべた。

「おまえも手伝うんだろう?」

善太郎が訊いた。

「もちろん。雨の日は本所寿司で」

小太郎がすぐさま答えた。

「なら、降りそうだったら少なめにつくりゃいいよ」

寿助が言った。

「そうだね。そうするよ」

小太郎は笑顔で答えた。

そのとき、また人が入ってきた。

「いまは中休みかい」

そう声をかけたのは、額扇子の松蔵親分だった。

子分の線香の千次もいる。

「ええ。おかげさまで、中食は売り切れになりました」

おちかが告げた。

「そりゃ何よりだ。で、見世びらきの宴とかはやんねえのかい」

松蔵が問うた。

「親分が芸をやりたいと」

千次が額に扇子を載せるしぐさをした。

「余計なことを言わなくていいや」

「てへ、すんません」

十手持ちたちが掛け合う。

「休みの日にでも貸し切りでやればどうだい」

善太郎が水を向けた。

「そうですね。貸し切りにしないと無理ですから」

寿助が答えた。

「休みはいつだい」

松蔵がたずねた。

「下に一のつく日にしようかと」

おちかが答えた。

「月に三日か四日だな」

と、千次。

「そうです。中食のない日は半日なので、初めから気張りすぎずにやります」

おちかは笑みを浮かべた。

「なら、次の休みにするか」

善太郎が段取りを進めた。

「承知しました」

寿助はすぐさま答えた。

「おいらも出させてもらうよ」

小太郎が笑顔で言う。

「堂前の師匠にも声をかけないとな」

善太郎が言った。

「看板をまだごらんいただいていないので」

おちかが表のほうを手で示した。

「なら、ひとっ走りつないできますよ」

千次が乗り気で言った。

「棟梁にも声をかけないと」

寿助が言った。

「うちの屋台衆まで入れたら一杯になるし、そもそもつとめがあるから、小太郎と庄兵衛くらいでいいだろう。庄兵衛には一句詠んでもらわなきゃならないから」

元締めが笑みを浮かべた。

「本所方の旦那たちにはおいらから声をかけとくぜ」

松蔵親分が請け合った。

これで段取りが決まった。

七

本日かしきりです　本所寿司

次の休みの日、見世の前にそんな貼り紙が出た。

今日は見世びらきの祝いだ。

寿助とおちかは支度に余念がなかった。

小鰭と海老《えび》、錦糸玉子に山菜、具だくさんのちらし寿司はいくつかの桶に分けてつくった。

このほかに握りを出す。鯛の焼き物もある。宴には充分な仕込みだ。

初めにやってきたのは宴の客ではなかった。

相模屋のあるじの大吉が、小ぶりの酒樽を差し入れに来てくれたのだ。

「おいらは出られねえから、こいつを代わりに」

大吉はそう言って酒樽を渡した。

「相済みません。ありがてえこって」

寿助がいくぶん恐縮しながら受け取った。

「ありがたく存じます。助かります」

おちかもていねいに頭を下げた。

「繁盛してるようで、めでてえかぎりだ」

大吉は笑みを浮かべた。

「中食を出せない日もありますけど、それはまあ仕方ねえんで」

と、寿助。

「来ていただいたお客さんには申し訳ないんですが」

おちかが言う。

「まあ、客のほうも頭に入ってるからよ」

相模屋のあるじは髷に手をやった。

大吉と入れ替わるように、善太郎とおそめ、それに小太郎が入ってきた。

万組の棟梁の万作、俳諧師東西でもある庄兵衛、本所方の魚住与力と安永同心、だんだん役者がそろってきた。

「ちょいと出遅れたか」

そう言いながら入ってきたのは、額扇子の松蔵親分だった。

もちろん、線香の千次も一緒だ。

「お座敷が空いておりますので」

おちかが手で示した。

「上座には師匠が座るからよ」

十手持ちが言った。

「なら、そこだけ空けときましょうや」

千次が指さす。

「おっつけ見えるでしょう」

善太郎が言った。

「ひとまず酒だけで」

万作が銚釐《ちろり》に手を伸ばした。

そうこうしているうちに、駕籠《かご》が着いた。

「やれやれ、汗かいた」

小勝が額に手をやった。

駕籠から降り立ったのは、堂前の師匠こと三遊亭圓生だった。

これで役者がそろった。

八

「看板を見ると、わが字もまんざらじゃありませんな」

圓生がそう言って、猪口の酒を呑み干した。

すでにちらし寿司と焼き鯛が出ている。祝いの宴の場で、それぞれの箸が悦ばしく動いていた。

「師匠にお願いしてよかったです」

おちかが笑顔で言った。

「見るたびに気が引き締まるような字で」

寿助も和す。

「繁盛しているようだな。何よりだ」

一枚板の席のほうに陣取った魚住与力が言った。

「あれから火付けも出なくなったし、ひと安心だね」

安永同心も言う。

「ありがてえことで」

寿助は両手を合わせた。

「稲荷寿司のほうも評判がいいじゃねえか」

松蔵親分が小太郎に言った。

「おかげさんで。つくった分はおおむね売り切れてます」

小太郎が答えた。

「泪寿司が焼けたあとはずいぶん気落ちしてたが、いい顔色になったな」

棟梁が言った。

「みなのおかげで」

小太郎は頭を下げた。

「ここいらのわらべたちがお団子と競うように買ってくれるので」

おそめが笑みを浮かべた。

「惣菜のほうは長屋の女房衆が上得意ですからね」

庄兵衛が言った。

「お武家さまも酒の肴に買ってくださったりします」

おちかが言う。

「何にせよ、ありがてえことで」

寿助はまた両手を合わせた。

「ちらしもいいが、握りも食いたいな」

安永同心が所望した。

「小鰭でよろしゅうございますか」

寿助が訊いた。

「いいぞ」

同心が答えた。

「おれにもくれ」

魚住与力がすぐさま言う。

「なら、こっちも」

「どんどん握ってくんな」

座敷からも声があがった。

「承知しました」

寿助はさっそく手を動かしだした。

背筋を伸ばせ。

かがまって握ってたら、うまそうに見えねえぜ。

いまは亡き寿一の声がだしぬけによみがえってきた。

もうここにはいなくても、父の教えは生きている。

小鰭の握りの評判は上々だった。

「これなら、与兵衛鮨にも引けを取ってないぞ」

魚住与力が太鼓判を捺した。

「そう言ってくださるお客さんもいます」

寿助が笑顔で答えた。

「あんまり調子に乗せないでくださいまし」

おちかが笑みを浮かべた。

「天狗《てんぐ》になったらいけないからね」

一枚板の席の端に陣取った善太郎が言った。

「へい、肝に銘じます」

寿助は殊勝に答えた。

「おまえもね。調子に乗りすぎちゃ駄目よ」

おそめが小太郎に言った。

「分かってるよ、おっかさん」

小太郎が答える。

「調子が出ないのに比べたら、ずっといいですがね」

圓生が言った。

「ひと頃は、調子の『ち』の字もなかったみたいですから」

小勝がおどけた身ぶりをまじえた。

それが呼び水になったのか、十手持ちがやおら立ち上がった。

「やりますか、親分」

千次が声をかけた。

「おう、酔っぱらわねえうちに」

松蔵親分はそう言うと、ふところから扇子を取り出した。

九

「よっ、日本一」

「さすがは親分」

芸が終わるなり、声が飛んだ。

「お粗末さまで」

額扇子の松蔵親分が一礼した。

しくじりがなくもなかったが、いつもながらの楽しい芸に本所寿司がわいた。

ここで吸い物が出た。

おちかが仕込みを手伝い、寿助が腕によりをかけてつくった蛤《はま》吸いだ。

「味がしみてうめえや」

万作が満足げに言った。

「蛤は酢飯を詰めた蛤寿司もこないだつくりました」

寿助が言った。

「焼き蛤は出さないのかい」

魚住与力が問うた。

「それは相模屋で出ますので」

寿助が答える。

「ああ、なるほど。なみだ通りの見世で同じものを出しても仕方ないか」

与力は得心のいった顔つきになった。

「やぶ重と屋台衆も含めて、なみだ通りを守り立てていけばと」

元締めの顔で、善太郎が言った。

「気張ってお惣菜をつくらなきゃね」

おちかの顔を見て、おそめが言った。

「気張りましょう」

おちかは笑顔で答えた。

「なら、そろそろ真打ちの出番で」

善太郎が圓生のほうを手で示した。

「いやいや、わたしゃもう隠居みたいなもんなので、ここは弟子に」

圓生は小勝を指さした。

「わたしですか」

小勝が胸に手をやった。

「場数を踏んでいかないとね」

師匠の顔で、圓生が言った。

「承知しました。では、謎かけを」

小勝は座り直した。

「よっ、待ってました」

「小勝師匠」

庄兵衛と小太郎が声を送る。

「えー、本所寿司の見世びらきとかけまして」

「本所寿司の見世びらきとかけて」

圓生が復唱した。

「提灯と解きます」

小勝は身ぶりをまじえた。

「そのココロは？」

「提灯となみだ通り、どちらも真ん中にあたたかい灯《ひ》がともるでしょう」

小勝はそう解いて笑みを浮かべた。

「いいね」

元締めの善太郎がすぐさま言った。

「いくらか考えないと分からないのはどうだかねえ」

圓生が首をひねった。

「噺にも考えオチがありますから」

小勝が言い返す。

「ま、せいぜい梅の中くらいだね」

師匠の評価は厳しかった。

「でも、きれいな景色が目に浮かぶかのようでよかったですよ」

おちかがなだめた。

夜の本所寿司を上からながめたことはもちろんないけれども、なみだ通りのなかほどに提灯のあたたかい灯がともっているさまは、思い浮かべると胸が詰まりそうになるほどだった。

「そう言ってくださるのはおかみだけで」

小勝がそう言って、大仰な泣き真似《まね》をしたから、本所寿司に笑いがわいた。

「発句《ほっく》がまだだったね」

善太郎が庄兵衛を見た。

「わたしがトリですかい」

俳諧師東西の顔を持つ男がややあいまいな顔つきで言った。

「これで宴が終わるわけじゃねえから、軽くやってくんな。まだ酒も肴も残ってるんで」

万組の棟梁が言った。

「さようですか。なら、無い知恵を絞って思案してきた発句を」

庄兵衛はよく通る声で祝いの句を披露した。

春の闇ともる提灯あたたかし

「師匠の謎かけとかぶってしまって、しまったと思ったんですが、新たな発句もできねえもんで」

庄兵衛は頭に手をやった。

「そりゃあ、すまないことで」

小勝が頭を下げた。

「その発句もありがたいです」

おちかが笑みを浮かべた。

「この先も、胃の腑と心に灯りをともすような料理をつくりまさ」

寿助が引き締まった顔つきで言った。

「もうすっかり料理人の顔だな」

棟梁が笑みを浮かべた。

「休みの日には大工の助っ人もできますんで」

と、寿助。

「いや、女房と一緒にいてやんな」

万作が言った。

「へい」

寿助は照れ笑いを浮かべておちかのほうを見た。

おちかも黙って笑みを返した。

第八章　波乗り通り

一

江戸のほうぼうで桜が咲きはじめた。

おのずと心弾む季節だ。

年明けから、いや、去年の疱瘡の流行から、悪いことが続いていたなみだ通りだが、本所寿司の見世びらきに合わせたようにうれしい出来事が起きた。

おちかがまた身ごもったのだ。

昨年、せっかく授かった子を流してしまって寿助とともに嘆き悲しんだものだが、また新たな命が身の内に宿ってくれた。

二度目だから、兆《きざ》しは分かった。産婆のおすまに診てもらったところ、間違いなく身ごもりだということだった。秋までには生まれるらしい。診療所へ赴《おもむ》き、膳場大助にも診てもらった。いまのところはいたって順調のようだ。

「ひょっとしたら、おとっつぁんの生まれ変わりかもしれねえな」

身ごもりが分かった晩、寿助がしみじみと言った。

「だったら、また男の子？」

おちかが問う。

「まあ、どっちでもいいや。無事に生まれて育ってくれれば」

寿助が思いをこめて答えた。

「そうね。お参りをしないと」

と、おちか。

「毎日ってわけにはいかねえが、回向院へお参りに」

寿助が言った。

「休みの日にはまずお参りに」

おちかが答えた。

「とにかく、無理はしねえように」

寿助が笑みを浮かべた。

「うん、分かってる。気張りすぎないように」

おちかはうなずいた。

二

「花見弁当まで手がけて、大変だね。大丈夫かい」

善太郎が気づかって言った。

「ええ。小太郎さんの稲荷寿司も入るので」

おちかが笑顔で答えた。

「うちでは太巻きとちらしをつくって、合わせて惣菜も入れたら、いい花見弁当になりますんで」

厨で手を動かしながら、寿助が言った。

「お弁当の注文が多くて、中食は休ませていただきましたけど」

と、おちか。

「そりゃ、あれもこれもできないからね。身重なんだから、無理しないように」

善太郎が言う。

「はい、そうします」

おちかがそう答えたとき、小太郎とおそめが入ってきた。

「稲荷寿司、できたよ」

小太郎が岡持をかざした。

「お惣菜も」

おそめが高野豆腐の大鉢を渡した。

「これはさっそく花見弁当に」

寿助が笑みを浮かべた。

「稲荷も頼むな」

小太郎が言う。

「ああ、なみだ通りの名物だからよ」

寿助が白い歯を見せた。

本所寿司ばかりでなく、稲荷寿司の屋台も評判だった。その後は、切干大根を辛めに炒めて載せたり、酢飯に山菜をまぜたり、いろいろと変わり稲荷を思案して売り出した。これがまた評判を呼び、遠くから買いに来てくれる客まで出るようになった。一時は悲嘆にくれていた泪寿司のあるじは、前よりひと廻り大きくなったように見えた。

ここで花見弁当の客がやって来た。

万組の大工衆だ。

「おっ、できてるかい」

棟梁の万作が声をかけた。

「いま風呂敷に包むところで」

寿助が答えた。

「お茶をお出ししますので、そちらでお待ちください」

おちかが座敷を手で示した。

「おう、ややこができるそうで、めでてえな、おかみ」

「大事にしな」

そろいの半纏姿の大工衆がそう言って、座敷に上がってあぐらをかいた。

「ありがたく存じます」

おちかは笑顔で頭を下げた。

「これからはいいことばかりよ」

おそめが言った。

「そうなればいいですね」

お茶の支度をしながら、おちかが答えた。

ややあって、花見弁当の支度が整った。大徳利《おおどつくり》もある。いよいよ花見だ。

「お花見はどちらまで?」

おちかがたずねた。

「せっかくだから、墨堤《ぼくてい》まで足を延ばそうかと」

万作が答えた。

「楽しみだな」

「おいらは花より食い物だがよ」

「こっちは酒だな」

大工衆がさえずる。

「楽しんできてくださいまし」

すっかり板についたおかみの顔で、おちかが言った。

三

いくらか経った。

花散らしの雨が降り、なみだ通りの屋台は休みになった。

善太郎と甲次郎、それに卯之吉は相模屋に顔を出した。

そこでまたうれしい知らせを聞いた。

いいことは続く。おちかに続いて、相模屋のおかみのおせいも身ごもったらしい。

「それなら、産婆は大忙しだな」

甲次郎が笑みを浮かべた。

「幸福団子のおさちさんは川開きの前あたりにお産。その次は本所寿司、それから相模屋とつながっていくからね」

善太郎が言う。

「そりゃ何よりで」

風鈴蕎麦の卯之吉がそう言って猪口の酒を呑み干した。

「ただ、建て増しの普請をしようかとも思ってたんですが、ややこができるとなるとお運びの手が足りなくなっちまうんで」

大吉が首をひねった。

相模屋に離れのようなところを建て増しして、頭数の多い宴もできるようにという絵図面があったのだが、おせいが身ごもり、新たに子ができるとなればいささかむずかしいかもしれない。

「では、人を入れてみればどうでしょう」

先客の学者の中園風斎《なかぞのふうさい》が言った。

「お運びさんですか？」

おせいが問う。

「おこまちゃんがもう少し大きくなるまで、つなぎに入ってくれる人がいれば。わたしの教え子にもいそうだけれど」

寺子屋の先生でもある風斎が答えた。

「わたし、お運びやる」

猫のつくばをひざに乗せたおこまが言った。

「まだ無理よ」

おせいがすぐさま言った。

「いくらひっくり返すか分からねえぞ」

大吉が笑う。

「まあそのうち若おかみになって、だれかに添ってややこができたりするだろうけど、だいぶ先の話だろうからね」

善太郎が言った。

「おかみが産む子が男の子なら、そちらが二代目になるかもしれねえし」

甲次郎が言った。

「先のことは分からねえや」

卯之吉が笑みを浮かべて、味のしみた大根を口に運んだ。

「そういえば、うちのせがれの屋台に初めに来てくれた娘さんたちがいましてね。風斎先生の教え子さんだそうですが」

善太郎が言った。

「ほう。名前は分かりますか?」

風斎がたずねた。

「たしか、おつたちゃんとおさよちゃんだったと」

なみだ通りの元締めが答えた。

「ああ、それならどちらも教え子です」

風斎が笑みを浮かべた。

「女房から話を聞いたところ、せがれの屋台が幸先のいい船出になるようにとおちかちゃんが気を利かせてくれたようで」

善太郎が言った。

「こないだ、小太郎と背の高《たけ》え娘が楽しそうにしゃべってましたが」

卯之吉が伝える。

「それはおつたちゃんのほうですね。いい子だから、ここのお運びにはもってこいですよ」

風斎が勧めた。

「なら、せがれに訊いてみますかね」

と、善太郎。

「相模屋のお運びの件だけじゃなくて、仲はどうなんだと」

卯之吉が言う。

「いっそのこと、女房にしちまえばどうですかい」

大吉が白い歯を見せた。

「めでてえことが続いてるから、その波に乗りゃあいいだろう」

甲次郎が竹馬の友の善太郎に言った。

「幸福団子に続く夫婦《めおと》屋台で」

おせいも水を向けた。

「なら、相模屋のお運びさんは？」

卯之吉が問うた。

「おさよちゃんもいるし、ほかにも教え子はたくさんいますから」

風斎が笑みを浮かべた。

「もしいい人が入ったら、普請のほうも思案してみますよ」

焼き握りをつくりながら、大吉が言った。

醤油が焦《こ》げる香ばしい匂いが相模屋に漂う。

「なら、とりあえずせがれに訊いてみるかね」

善太郎が言った。

「小太郎が煮えきらなかったら、みなであおってくっつけちまいましょう。……はい、焼き握り、お待たせで」

大吉が笑顔で皿を差し出した。

四

翌日も昼下がりから雨になった。

なみだ通りの屋台衆は早々にあきらめたが、雨でも本所寿司のほうに稲荷寿司を出せる小太郎は長屋で手を動かしていた。

「ちょいと小耳にはさんだんだけどね」

おそめが惣菜をつくりながら言った。

まずは切干大根の煮物だ。だんだんに味がしみ、煮汁が残り少なくなってきた。

「何だい、おっかさん」

小太郎が問うた。

「あの背の高いおつたちゃんと、ずいぶん仲が良さそうにしていたそうじゃないの」

おそめが菜箸を動かしながら答えた。

善太郎が「おまえから訊いたほうがいいだろう」と言ったから、いま口を開いたところだ。

「えっ、いや、まあ」

小太郎はにわかにうろたえた。

「ひょっとして、いい仲になっているの？」

母が笑みを浮かべる。

「いや、まだそこまでは」

小太郎はあいまいな返事をした。

そのほおが赤く染まってきた。

「幸福団子に続いて、なみだ通りの夫婦屋台になればと言っている人もいるみたいだけど」

と、おそめ。

「うーん、まあ、それは」

小太郎の顔がさらに赤くなった。

ほどなく、稲荷寿司と惣菜ができあがった。小太郎とおそめは傘を差して慎重に本所寿司まで運んだ。

先客がいた。

ちょうど話に出ていたおつたと、その朋輩のおさよだった。

「そろそろ来ると思ったから、待ってもらってたの」

おちかが小太郎に言った。

「ああ、お待たせで」

まだいくらか赤い顔で、小太郎が言った。

「習いごとが終わったから、うちに持って帰ろうと思って」

おつたが笑みを浮かべた。

おちかの実家の上州屋に近い、小間物問屋の井桁屋《いげたや》の次女だ。長女が婿養子を取っているから、おつたが継ぐことはない。

「なら、いくらでも。今日はそんなに出ないと思うんで」

小太郎が言った。

「わたしも、おとっつぁんとおっかさんから頼まれてきたので」

おさよも言った。

こちらはなみだ通りの奥のほうに仕事場がある三味線《しゃみせん》師の娘だ。聞けば、同じ三味線づくりのいいなずけがいるらしい。

「だったら、包むよ」

寿助が言った。

「お願いします」

おさよが頭を下げた。

稲荷寿司の持ち帰りができるまでの短い間に、小太郎とおつたはいったん外へ出て、雨に濡れない軒下で小声で立ち話をした。その様子を、おちかとおそめはそれとなく見ていた。

ややあって、支度が整った。

「はい、お待たせしました」

おちかがおつたに包みを渡した。

「ありがとう」

おつたが笑顔で受け取った。

五

その日の夕方――。

「今日は早めにしまうか」

寿助が言った。

「そうね。ちょうどお客さんがとぎれたし」

おちかが答えた。

話がまとまり、おちかがのれんをしまおうとしたとき、小太郎が顔を見せた。

「今日はしまいかい？」

小太郎がたずねた。

「ええ。お客さんもとぎれたので」

おちかがそう言ってのれんに手を伸ばした。

「残ってるのは金平牛蒡が少しだけで、稲荷寿司もほかの惣菜も売り切れたよ」

寿助が笑みを浮かべた。

「金平は酒の肴にするかい？」

小太郎が問うた。

「いや、おいらはいいから持って帰ってくんなよ」

寿助が答えた。

「分かった。片づけが終わったらうちで呑むよ」

と、小太郎。

「ここでどうです？　まだお酒を出せるけど」

おちかが水を向けた。

「ああ、そうだな。なら、一本だけ」

小太郎は指を立てた。

「承知で」

おちかが笑顔で答えた。

ほどなく、燗酒が出た。

寿助が火を落としているあいだに、小太郎は残った金平を肴におちかの酌で酒を呑んだ。

「ところで、おそめさんからいいことを聞いたんだけど」

おちかはそう切り出した。

「おっかさんはおしゃべりだから」

小太郎が苦笑いを浮かべた。

「おつたちゃんとは、どうなの？」

おちかはたずねた。

「どうって？」

小太郎はちょっととぼけてみせた。

「仲はどうかっていう話に決まってるじゃないか」

寿助が横合いから言う。

「ああ」

生返事をすると、小太郎は猪口の酒を呑み干した。

「今日も何か相談事をしてたみたいだけど」

と、おちか。

「次の休みの日に、両国橋の西詰へ芝居を観に行こうっていう話になってね」

小太郎が明かした。

「顔がうれしそうだぜ」

寿助が冷やかす。

「そのあと、おいしいものでも食べればいいわね」

おちかが笑みを浮かべた。

「汁粉でもっていう話を」

小太郎の表情がやわらいだ。

「暗い話ばっかりだったけど、ここんとこおめでた続きだから、その波に乗っちまえばいいよ」

寿助が軽く身ぶりをまじえた。

「みんな、そう言ってる」

おちかが和す。

「うん、まあ」

小太郎はいま一つ煮えきらない返事をした。

「こういうのは勢いだからよ」

今度は寿助が銚釐《ちろり》の酒をついだ。

「そうそう、勢い」

おちかが団扇《うちわ》で煽《あお》るしぐさをする。

「行かなきゃいけねえときは、がーっと行っちまわねえと」

寿助の声に力がこもった。

「……分かったよ」

酒を呑み干してから、小太郎は答えた。

「行くときゃ行くさ」

稲荷寿司の屋台のあるじは白い歯を見せた。

「その意気よ。おつたちゃんのほうも好いてると思うから、きっとうまくいくわ。気張ってね、小太郎さん」

おちかはそう言って励ました。

六

「おいしいお汁粉だったわね」

おつたが笑みを浮かべた。

「ああ、評判の見世だから」

小太郎が笑みを返した。

両国橋の西詰の汁粉屋だ。楽しく芝居見物をしたあと、おいしいお汁粉をいま食べ終えたところだ。

「今日は穏やかな陽気だから、大川端《おおかわばた》をちょっと歩いてから戻ろうか」

小太郎が水を向けた。

「そうね。風も穏やかだし」

おつたは答えた。

勘定を済ませた二人は、両国橋の西詰から薬研堀《やげんぼり》のほうへ歩いた。

「いい風ね」

おつたが言った。

一緒に歩くと、小太郎より背が高い。

「初鰹の季節だね。それが終わると川開きだ」

小太郎が笑みを浮かべた。

「幸福団子のおさちさんは、もうだいぶおなかが大きくなってきて」

おつたは帯に軽く手をやった。

「そうだね。まずおさちちゃんがややこを産んで、本所寿司のおちかちゃんが続いて、相模屋のおせいさんにつなげるわけだ。なみだ通りじゃなくて、波乗り通りだよ」

小太郎は手の動きで波をつくった。

ちょうど両国橋のほうから船が下ってきた。二人はどちらからともなく歩みを止めた。

「それで……」

小太郎はいったん言葉を切った。

おつたがその顔を見る。

「なみだ通りには、もう幸福団子の夫婦屋台があるけど、もう一台あってもいいんじゃないかと思ってね」

小太郎は思い切ってそう言うと、ふっと一つ息を吐いた。

顔が真っ赤に染まっている。

「もちろん、稲荷寿司の屋台ね」

おつたが言った。

「ああ、おいらと……」

小太郎は意を決したように続けた。

「一緒にやってくれないか、おつたちゃん」

立ち直った若者は、娘の目をまっすぐ見た。

「不束者《ふつつかもの》ですが、よろしくお願いします」

おつたは少し間を置いてから頭を下げた。

小太郎は、今度は長い息をついた。

七

なみだ通りに戻った小太郎とおつたは、さっそく本所寿司の二人に知らせた。

ちょうど普請帰りの万組の大工衆が座敷に陣取っていた。小太郎とおつたが夫婦になる約を交わしたという話を聞いて、本所寿司はにわかにわいた。

「おとっつぁんとおっかさんには言ったのかい」

棟梁の万作が訊いた。

「いや、まだです」

小太郎が答えた。

「なら、わたしが知らせてきます」

おちかがすぐさま動いた。

「ああ、悪いわね」

おつたが言った。

「いい知らせはすぐ伝えなきゃ」

おちかが笑みを浮かべた。

急いで元締めの長屋へ赴いて伝えると、善太郎もおそめもいたく喜んでくれた。

「そりゃあ、よかった。ほっとしたよ」

善太郎が胸に手をやった。

「向こうさんがよく受けてくださって、ありがたいことで」

おそめが両手を合わせた。

「なら、さっそく本所寿司へ」

善太郎が乗り気で言った。

「ちょうど青菜の胡麻和えができたところだから」

おそめが言った。

惣菜を運びがてら、二人が本所寿司に顔を出すと、もうだいぶ酒が入っている大工衆がにわかに歓声をあげた。

「おう、めでてえな」

「二つ目の夫婦屋台だ」

「そのうち、こっちにもややこができるぜ」

口々に言う。

「まあ何にせよ、波があって案じていたせがれにいい人が見つかって、こんなにありがたいことは」

善太郎は思わず目元に指をやった。

「井桁屋さんにごあいさつに行かないとね」

おそめが言った。

「おお、そうだ。こんなやつに娘はやれんとか言われたら事だが」

善太郎が小太郎を手で示す。

「うちは姉さんがお婿さんを取っているので、不承知ということはないはずです」

おつたは笑みを浮かべた。

「一時はふらふらしてたが、なみだ通りの元締めのせがれなんだからな」

棟梁が言った。

「これでもう安心だな」

「稲荷寿司も評判だしよ」

「遠くから買いに来る客もいるそうだからよ」

大工衆が言う。

「ありがてえこって」

小太郎が両手を合わせた。

「夫婦は喧嘩するときもあるけど、力を補い合って、荒波を乗り切っていきなさい」

おそめが母の顔で言った。

「分かったよ、おっかさん」

小太郎が引き締まった顔つきで答えた。

「どうかよろしゅうお願いいたします」

おつたが頭を下げた。

「こちらこそ」

おそめは笑みを浮かべた。

その様子を見ていたおちかは、一つうなずいて寿助の顔を見た。

本所寿司のあるじの顔には、いい笑みが浮かんでいた。

第九章　人情の味

一

おつたの実家、小間物問屋の井桁屋のあるじとおかみは、小太郎との仲を快く認めてくれた。

あるじの寅吉《とらきち》は善太郎とは顔見知りだった。おかみのおしまもそうだ。ともに本所の回向院の近くだから、どこにだれが住んでいるか、古顔ならおおよそ頭に入っている。

「まさか、善太郎さんと親戚になるとは」

菓子折を提げてあいさつに来た善太郎に向かって、寅吉は笑顔で言った。

奥の座敷に通され、おかみから茶も出た。

「わたしもまさかでしたよ。せがれのことではこれまでずいぶん案じさせられてきましたが、これでひと安心です」

善太郎はそう言って、茶を少し啜った。

「泪寿司が焼けたと聞いたときは、わたしもずいぶん案じましたよ」

小間物問屋のあるじが言った。

「ご心配をおかけしました。あのときはせがれの気落ちがひどくて、もう駄目なんじゃないかと思ったくらいで」

善太郎が言う。

「お稲荷さんは評判ですからね。そのうち、頂戴《ちょうだい》できればと」

おしまが笑みを浮かべた。

「それはもう。今日は急ぎ、わたしだけで参りましたが、次はせがれと女房も一緒に、稲荷寿司を提げてうかがいます」

善太郎は笑みを返した。

「それはぜひ」

「お待ちしております」

井桁屋の夫婦が答えた。

「では、善は急げで、明日にでもうかがいますので」

善太郎は段取りを進めた。

小間物問屋にはほかにも番頭や手代や丁稚《でっち》がいる。全部でいくたりになるか、稲荷寿司はどれくらい要《い》り用か、善太郎は素早く頭の中で算盤《そろばん》を弾いた。

「なら、明日また出直してまいりますので」

なみだ通りの元締めは笑顔で言った。

「承知しました」

「ご苦労さまでございます」

おつたの両親のいい声が返ってきた。

二

翌日――。

小太郎は腕によりをかけて稲荷寿司をつくった。

胡麻稲荷に、山葵を利かせた辛口稲荷、辛めに炒めた切干大根を載せた稲荷、青紫蘇《あおじそ》を刻んださわやかな稲荷、とりどりの品ができあがった。

「今日は屋台はなしだから」

手を動かしながら、小太郎が言った。

「できあがったら着替えてね」

おそめが言った。

「紋付き袴《はかま》だからな」

善太郎はもう着替えていた。

「分かったよ」

小太郎は笑みを浮かべた。

ほどなく、支度が整った。

経木の箱に入れ、風呂敷に包んだ稲荷寿司を提げ、三人は井桁屋へ向かった。

「おう、向こうさんにあいさつかい」

途中で出会った松蔵親分が声をかけた。

小太郎が女房をもらう話は瞬《また》くうちに広まり、ここいらではもう知らぬ者がなくなった。

「はい、これから井桁屋さんに」

裾《すそ》模様の留袖姿のおそめが笑顔で答えた。

「稲荷をたくさんつくりました」

小太郎が言った。

「頭数よりだいぶ多めにつくらせたので」

善太郎が包みをかざした。

「そりゃ、若え《わけ》お店者は大喜びだ。気張ってくんな」

十手持ちは軽く右手を挙げた。

「はい、ありがたく存じます」

小太郎がいい声を響かせた。

井桁屋に着いた。

「お待ちしておりました」

おつたが真っ先に出迎えた。

「気張ってつくってきたよ」

小太郎が白い歯を見せた。

「みんな楽しみにしてるから。……さあ、どうぞ」

善太郎とおそめに向かって、おつたは如才なく身ぶりで示した。

小太郎がつくった稲荷寿司は大好評だった。

「これは毎日通ってでも食べたい味ですね」

番頭が一つ食すなり言った。

「ほんと、酢飯の加減がちょうど良くて」

おかみのおしまが笑みを浮かべた。

「あっ、山葵は少し遅れてつんと来ますな」

寅吉がいくらか顔をしかめた。

「それが揚げの甘みと響き合っておいしいんです。わらべには売れませんが」

小太郎が笑顔で答えた。

「ほんと、お茶にも合っておいしい」

おつたも笑みを浮かべた。

「切干大根を辛めに味つけしたこのお稲荷さんもおいしくて」

おかみが言った。

「おっかさんがつくった惣菜を使いました」

小太郎がおそめのほうを手で示した。

「親子の力を合わせた逸品ですね」

井桁屋のあるじがうなずいた。

「ひと頃は案じてばかりだったんですけど、こんないい人に添っていただけることになるなんて、ほんとに夢のようです」

おそめはおつたのほうを見た。

「小太郎さんと力を合わせて、気張ってやりますので」

おつたは明るく言った。

「で、そのうち祝いの宴をやらねばなりませんね」

善太郎は井桁屋のあるじに言った。

「さようですね。それはぜひ」

寅吉が一つ頭を下げた。

「本所寿司ではいささか手狭ですから、やぶ重がいいでしょう」

善太郎は段取りを進めた。

「では、こちらの親族へのつなぎもありますので、いくらか経った吉日を選んで」

寅吉が言った。

「やぶ重さんだと、うちの稲荷寿司は出せないね」

小太郎が首をひねった。

「持ちこませてもらえばいいよ。親戚へのお披露目でもあるんだから」

おそめがすぐさま言った。

「重蔵さんは嫌とは言わないよ。そのあたりの段取りも整えてこよう」

善太郎は乗り気で言った。

こうして、話がさらに前へ進んだ。

三

祝いの宴は川開きの前の吉日と決まった。

ちょうどそのころ、幸福団子の夫婦に初めてのややこが生まれる。なみだ通りはまさに波乗り通りになるだろう。

小太郎は女房になるおつたを屋台衆に一人ずつ紹介した。

「わたしはそろそろ実家でお産に備えるので、代わりにお願いね」

まもなく臨月になるおさちが言った。

「はい、気張ってやります」

おつたが笑顔で答えた。

「わっしは銭勘定が苦手なので、おさちが戻るまで団子は休みで」

幸吉が言った。

「そのあいだは子守りですか」

小太郎が問う。

「いやいや、働いて稼がにゃならんので、万組の力仕事を手伝うことに」

元相撲取りが槌《つち》を振り上げるしぐさをした。

ひざを悪くして力士はやめたが、まだまだ力はある。

「さようですか。そのあいだ、わらべを相手に稲荷寿司を売りますので」

おつたが笑みを浮かべた。

「また団子もやるからって言っといてくだせえ」

幸福団子の気のいいあるじが言った。

ほかの屋台衆も口々に励ましてくれた。

「ここいらの客はみな筋がいいからよ。気張ってやんな」

天麩羅の甲次郎が言った。

「はい、小太郎さんと力を合わせて気張ります」

おつたは頭を下げた。

「なみだ通りでしばらく過ごしゃ、腹いっぱいになるな」

風鈴蕎麦の卯之吉が言った。

「何でもそろってますからね」

小太郎が答えた。

「本所寿司に相模屋さん、やぶ重さんもありますから」

おつたが和す。

そこへ、いち早くあきないを終えた庄兵衛がやってきた。

そろそろおでんから蒲焼きに売り物が替わる頃合いだ。

「こちらは小回りが利くから、ほうぼうで稲荷寿司を勧めておくよ」

庄兵衛が言った。

「どうかよろしゅうお願いいたします」

おつたが笑顔で一礼した。

四

「はい、お稲荷さん、今日もおいしいよ」

屋台から明るい声が響いてきた。

おつたはもうすっかりなみだ通りになじんだ。幸福団子の屋台はいったん休みになったが、また新たな夫婦屋台がわらべたちの相手をつとめだした。

「おいら、二つ」

「おいらは一個で」

次々に手が伸びる。

「はい、順番だからね」

小太郎も笑顔で手を動かした。

わらべ向きだから、山葵や青紫蘇などは入れない。胡麻をまぶしたふっくらした稲荷寿司だけで勝負だ。

「うわ、うんめえ」

「今日も揚げがじゅわっとしてら」

わらべたちが食すなり言った。

「長屋の厨でじっくり炊いてるからよ」

小太郎が自慢げに答える。

「持ち帰りもできるから、おうちの人にも勧めてね」

おつたが如才なく言った。

「うん、分かった」

「おっかさんも好物だから」

わらべたちは元気に答えた。

しばらく経つと、朋輩のおさよがやってきた。

「あっ、そっちはどう？」

おつたがたずねた。

「まだ慣れないけど、みんなよくしてくれるので」

おさよは答えた。

相模屋にも動きがあった。

おせいが身ごもり、建て増しの普請をするかどうか、あるじの大吉は決断を迫られた。

空き家になった隣を借り、うまくつなげて建て増しをすれば、大人数の宴も中食もできる。子が増えて物入りになっても、実入りが増えればやっていける。

ただし、これからおせいがお産と子育てで思うように動けなくなってしまう。おこまにはまだ看板娘は荷が重い。

そこで、いずれおせいがお産をして復帰し、おこまが看板娘をつとめられるようになるまで、つなぎ役の娘に入ってもらうことになった。おさよにはいいなずけがいて、二年後には父と同じ三味線師のもとへ嫁入りすることになっている。つなぎ役としてはちょうどいいから白羽の矢が立ち、うまく話が決まって働きはじめたところだ。

「相模屋なら、客も身内みたいなもんだから」

小太郎が笑みを浮かべた。

「昨日は大工のみなさんがいらして、さっそく普請の相談を」

おさよが伝えた。

「ああ、寿助から聞いたよ。万組は仕事が早いから」

と、小太郎。

「ますますにぎやかになるわね、これから」

おつたが言った。

「そうね。そっちも気張ってね」

おさよが笑顔で言った。

「うん、おさよちゃんも」

おつたが明るく答えた。

五

鰹の値はずいぶん落ち着いた。

初鰹などはとても手が出ないが、ここまで値が下がれば中食にも使える。

寿助は満を持して鰹の手こね寿司の膳を出した。

づけにした鰹の身を寿司に散らし、胡麻や刻み海苔を振っておろし山葵を添える。さわやかな手こね寿司に、お浸しの小鉢と浅蜊汁《あさりじる》をつけた膳は大好評だった。

「いい塩梅に漬かってるぜ」

「今日来て良かったな」

「中食はねえ日もあるからよ」

なじみの北組十一組の火消し衆が言った。

見廻りの前にちょうど立ち寄ってくれたらしい。

「ありがたく存じます」

おちかが頭を下げた。

「これからちょくちょくお出ししますよ」

寿助も笑顔で言った。

「そりゃ楽しみだ」

「鰹はあぶりもうめえが、これがいちばんだな」

「江戸の名物、本所の手こね寿司だ」

火消し衆は上機嫌だった。

そんな調子で、三十食の中食はまたたくうちに残りが少なくなってきた。

「ちょっと見てくるわね」

列がとぎれたのを察して、おちかは外に出た。

残りはあと三食か四食だ。ちょうどいいところで止めないと、お客さんに迷惑がかかってしまう。

なみだ通りに出るなり、おちかは目を瞠った。

いやに痩《や》せた総髪の男が、よろめきながら歩いてきたかと思うと、目の前でばったりと倒れてしまったのだ。

「もし」

おちかはあわてて駆け寄った。

「しっかりしてくださいまし。もし」

おちかは介抱した。

囊《ふくろ》を背負った男は力なくうなずいた。

おちかの声は見世の中にも届いた。

「どうした」

「行き倒れか？」

火消し衆が血相を変えて飛び出してきた。

「ええ、この人が倒れていて」

おちかがすぐさま答えた。

「中へ運べ」

かしらの三郎が命じた。

「へい」

「しっかりしな」

若い火消したちが動く。

「座敷を空けてくれ」

かしらが叫ぶ。

「相済みません、移ってくださいまし」

おちかが声をかけた。

「診療所へ、だれか」

寿助が切迫した声で言った。

「おいらがつなぎまさ」

若い火消しがただちに動いた。

ほどなく、本所寿司の前で行き倒れた男は座敷に寝かされた。

六

幸い、熱はないようだった。

心の臓の差し込みでも、急な腹痛《はらいた》でもなさそうだ。

「まずは熱いお茶を」

おちかが湯呑みを差し出した。

男はこくりとうなずき、茶をゆっくりと啜って息をついた。

「ずいぶん痩せてるが、物は食ってるかい」

火消しのかしらがたずねた。

総髪の男は首を横に振った。

「三日前から、何も」

男は力なく答えた。

「そりゃいけねえ」

「何か食わせてやってくんな」

火消し衆が言った。

「なら、中食の最後の膳を。寿司飯のお代わりもできますんで」

寿助がただちに手を動かした。

支度ができた。

「胃の腑に入れな。うめえぞ」

かしらの三郎が笑みを浮かべた。

「食わなきゃ力が出ねえ」

纏持ちの太助も言う。

「はい」

細い声で答えると、まだ三十くらいとおぼしい男は箸を取った。

鰹の手こね寿司をかきこみ、浅蜊汁を啜る。

そのうち、目尻からほおにかけて、つ、と水ならざるものが伝っていった。味が心にしみたのだ。

「おいしいですか？」

おちかがやさしい声で問うた。

「こんなおいしいものをいただいたのは、初めてです」

総髪の男はそう言ってまた箸を動かした。

胃の腑に食べ物が入ると、人は息を吹き返す。膳をきれいに平らげると、男の顔色が目に見えて良くなった。

そこへ医者が来た。

淵上道庵亡きあと、診療所を受け持っている膳場大助だ。

脈を取り、心の臓の音を聴き、ひとしきり診察が続いた。

「由々《ゆゆ》しい病ではないようです。おいしいものを食べて、養生すれば旧に復されるでしょう。煎《せん》じ薬を出しておきましょう」

医者が笑みを浮かべた。

「ありがたく存じます」

おちかが頭を下げた。

「でも……店賃《たなちん》を払えず、長屋を追い出されてしまって」

男はなさけなさそうな顔つきになった。

「あきないは何を？」

寿助がたずねた。

「絵師です。気の済むまで描きこむたちで、世渡りが下手《へた》で困窮してしまいました」

総髪の男が答えた。

「お名は？」

今度はおちかが問うた。

「友部季丸《ともべときまる》と申します」

男はそう答えた。

七

診療所でほかの患者が待っている膳場大助は、あわただしく引き返していった。

見廻りのある火消し衆も本所寿司を出た。ただし、元締めの善太郎につないで、いきさつを手際よく伝えてくれた。

ややあって、善太郎とおそめが姿を現した。

「ちょうどうちの長屋に空きがあるから」

善太郎が言った。

「ひとまず養生ね。ここの中食代なら出してあげるので」

おそめも言う。

「ありがたく存じます……何と言って御礼を」

季丸は声を詰まらせた。

「ここいらは人情の町だから」

なみだ通りの元締めが言う。

「みなで助け合って生きているので」

おちかも笑みを浮かべた。

そろそろ二幕目に入る頃合いになった。

まだまかない用に取っておいた鰹のづけが残っていた。

「もう少し食いますかい」

寿助が季丸に水を向けた。

「いえ、もう胸も胃の腑も一杯で」

絵師は帯に手をやった。

ここで、本所方の魚住与力と安永同心が入ってきた。途中で出会った火消し衆から話を聞いて駆けつけたらしい。

「絵師だそうだな。このあいだの火付けなど、何かと物騒だから、腕のいい似面《にづら》描きがいればと思っていたところだ」

魚住与力が言った。

「似面描きさんなら、両国橋の東詰あたりでやれば実入りになるんじゃないかと」

おちかが知恵を出す。

「ああ、それはいいわね」

おそめがただちに乗った。

「腕前を見たいところだな」

安永同心が言った。

「承知しました」

季丸はいったん下ろしていた嚢を手元に引き寄せた。

どうやらその中にあきない道具が入っているらしい。

「せっかくだから、似面を描いてもらいたいな」

寿助が水を向けた。

「えっ、わたしの?」

おちかはおのれの胸を指さした。

「いいじゃないか。稽古のうちだ」

魚住与力が笑みを浮かべた。

「もともときれいだけど、さらに割増でね」

おそめが言った。

「かしこまりました」

季丸はうなずいた。

みなが見守るなか、絵師はおちかの似面に取りかかった。

「顔つきが硬《かて》えな。もっと楽に」

鰹のあぶりの支度をしながら、寿助が言った。

「うん」

おちかが表情をやわらげた。

「そうそう、いまの顔」

おそめが言う。

それを聞いて、おちかはまたにっこりと笑った。

季丸は筆を動かした。

一本の筆ではなく、さまざまな筆を持ち替えながら描いていく。なかなかに巧みな筆さばきだ。

やがて、似面ができあがった。

「まあ」

おちかが声をあげた。

笑みを浮かべた本所寿司のおかみの顔が鮮やかに描かれていた。

「惚《ほ》れ直すような絵だな」

寿助がそう言ったから、見世に和気が漂った。

「この腕なら、本所方付きの似面描きが充分につとまるな。そのうち支度金を出そう」

魚住与力が請け合った。

「ありがたく存じます」

手元不如意の絵師が深々と一礼する。

「両国橋の東詰でも、充分に稼げるよ」

安永同心が太鼓判を捺した。

「せっかくだから、見世に飾っておきます」

おちかがうれしそうに言った。

「なら、片づけが終わったら、長屋に案内するよ」

善太郎が温顔《おんがん》で言った。

「承知しました。何から何まで、本当にありがたく存じます」

季丸はまた深々と頭を下げた。

八

庄兵衛があきなうものが鰻の蒲焼きに変わった。

けふからは蒲焼売りで夏のくれ

俳諧師東西はそう詠んだものだ。

なみだ通りの屋台のなかでいちばん小回りが利くのは同じだ。その日も、庄兵衛は両国橋の東詰まで出張っていった。

おのれのあきないもあるが、季丸の助っ人も兼ねていた。

絵師としての腕は申し分がないが、似面描きで稼ぐためには口も回さなければならない。季丸はそのあたりがいかにも心もとなかった。口が回るような男であれば、本所寿司の前で行き倒れたりすることはなかっただろう。

「さあさ、江戸の夏といえば、鰻の蒲焼き。それから、おのれに生き写しの似面描きだよ。一枚三十文ですぐ描けるよ」

庄兵衛は調子よく呼び込みをした。

にづら　一枚三十文

筵《むしろ》に座った絵師のもとには、そんな立て札が出ていた。

言葉ばかりではない。見本となる似面も貼られていた。若い男と女が笑っている絵だ。

描かれていたのは、本所寿司の寿助とおちかだった。

ひと目見ただけで、おのれの似面も描いてもらいたくなるような出来栄えだ。

「おっ、うめえもんだな」

通りかかった野菜の棒手振《ぼてふ》りが声をかけた。

「一枚いかがっすか」

庄兵衛がすかさず言う。

「三十文か。時はかかるかい」

棒手振りが問うた。

「いくらもかかりませんので」

季丸が控えめに答えた。

「なら、今日はだいぶ売れたから、描いてもらうかな」

客がそう言って荷を下ろした。

「ありがたく存じます。すぐできますんで」

庄兵衛が代わりに答えた。

季丸が筆を動かしだすと、ほかにも人が寄ってきて似面描きを見物しはじめた。それが何よりの引札になる。

ほどなく、似面ができあがった。

実物より割増で、いいところを引き立ててやるのが骨法《こつぽう》だが、季丸の似面はその勘どころをうまく押さえていた。

「おう、こりゃいいな。長屋のみなに自慢できるぜ」

似面を手にした客は満足げな顔つきだった。

その後も客は次々に来た。

庄兵衛の助けも得て、似面描き友部季丸の船出は上々の滑り出しを見せた。

九

「わあ、そっくり」

「似てる似てる」

わらべたちが歓声をあげた。

稲荷寿司の屋台の前だ。そこには小太郎とおつたの似面が貼られていた。

「季丸さんっていう絵描きさんに描いてもらったの。……はい、お稲荷さん一つね」

おつたが笑顔で皿を差し出した。

「よく描けてるだろう。一枚三十文だ」

小太郎が指を三本出した。

「なら、稲荷寿司ならいくつ？」

わらべが問う。

「勘定してみな」

と、小太郎。

「えーと……六つかな」

「馬鹿、八つだよ」

わらべたちが言う。

「割り切れないけど、一つ四文だから七つと半分よ」

おつたが教えた。

「そうかあ」

「ちょっとむずかしかった」

わらべは頭に手をやった。

季丸の似面は本所寿司にも貼られた。

中食の貼り紙に添えて、おかみのおちかの笑顔を添えると、さらに引き立った。

けふの中食
かつをのあぶりにぎり
すひものつき

三十食かぎり四十文
お待ちしてをります

最後の「お待ちしてをります」の横に似面が貼り出された。

「おっ、おかみが二人いるじゃねえか」

「こっちのおかみもべっぴんだぜ」

中食に訪れた客が口々に言った。

あぶった鰹を握りにした寿司はなかなかに好評だった。

「こないだの手こね寿司もうまかったが、これもうめえな」

「山葵も利いてるしよ」

「本所寿司は何でもうめえからよ」

客が口々に言う。

「ありがたく存じます」

おちかが似面と同じ笑みを浮かべた。

そうこうしているうちに、季丸がやってきた。

「今日もお願いいたします」

見世の前で行き倒れていたときとは見違えるような顔つきで、絵師が言った。

「承知しました。似面は大好評ですよ」

おちかが告げる。

「さようですか。今日は東詰で似面を描いてから、橋を渡って大川端でおのれの絵の下描きをしようと思っています」

季丸が言った。

「おのれの絵ですか」

手を動かしながら、寿助が問うた。

「はい。以前は書物の挿絵なども描かせていただいていました。せっかく助けていただいたのですから、この先は似面ばかりでなく絵も売れるように精進していきたいです」

季丸は張りのある声で答えた。

「気張ってくださいまし」

おちかが笑みを浮かべた。

「気張りすぎてまた倒れないように。……はい、お待ちで」

寿助が膳を出した。

「おめえさん、いいとこで倒れたな」

「そうそう、おかげで住むとこができて、似面のつとめができて」

「それに、うめえもんが食えらあ」

いきさつを知る客が口々に言った。

「はい、ありがたいことです」

季丸は頭を下げると、一つ目の鰹のあぶり握りを口に運んだ。

第十章　祝いと川開き

一

やぶ重に少しずつ人が集まってきた。

今日は小太郎とおつたの祝いの宴だ。

もう長屋で一緒に暮らしているから、構えた祝言などは要らない。身内だけでささやかな宴を催すことになった。

それでも、小太郎は紋付き袴に威儀を正している。おつたもよそいきの小袖《こそで》だ。

善太郎とおそめ、井桁屋の寅吉とおしま。それぞれの親が顔をそろえた。おつたの姉とその夫、朋輩のおさよ、寿助とおちか、屋台衆からは庄兵衛と甲次郎と卯之吉が出た。

幸福団子の幸吉は、女房のおさちにいまにも子が生まれそうなので、おさちの実家の長寿堂《ちょうじゅどう》に詰めている。

「いやあ、めでてえこったな」

破顔一笑したのは、額扇子の松蔵親分だった。

宴には欠かせない土地《ところ》の十手持ちだ。もちろん、子分の線香の千次もいる。

「せがれもふらふらしてましたが、いい嫁さんをもらって、これからはしっかりやってくれるでしょう」

善太郎がそう言って酒をついだ。

「もう本所の名物だからよ、小太郎の稲荷寿司は」

松蔵親分が猪口の酒を干す。

「泪寿司が焼けた当座のことを思うと、まるで夢みてえで」

小太郎がいくらか遠い目つきで言った。

「ひょっとして、身投げでもしたらどうしようって案じてたんだよ」

おそめが明かした。

「面目ねえ」

小太郎は髷に手をやった。

すでに焼き鯛が出ている。白木の三方に載せた立派な鯛だ。

ここに揚げ物が加わった。

海老に鱚《きす》。どちらも縁起物だ。

「おっつけ、蕎麦をお出ししますので」

あるじの重蔵が言った。

「どうかよしなに」

おそめが如才なく言った。

「相模屋の普請も始まったようだな」

松蔵親分が言った。

「子が生まれたら普請というわけにもいかないので、先にやっちまおうと思い切ったようです」

善太郎が笑みを浮かべて、海老天に箸を伸ばした。

「おさよちゃんもだいぶお運びに慣れてきたみたいで」

おつたが伝えた。

「おこまちゃんが大きくなるまでのつなぎだから」

おちかが笑みを浮かべた。

「万組も気合が入ってますんで」

寿助が二の腕をたたいた。

「おめえさんも助っ人に入ったそうだな」

風鈴蕎麦の卯之吉が言った。

「休みの日だけ手伝ってくれって言われまして」

と、寿助。

「それだと休みがねえな」

天麩羅の甲次郎が言った。

「いや、毎日みなで気張ってるんで、ひと月も経たねえうちに仕上がりまさ」

寿助は白い歯を見せた。

井桁屋の寅吉とおしま、それにおつたの姉夫婦もみないい顔をしていた。おちかの実家の上州屋とも近い。こうして本所の縁は深まっていく。

「お待たせいたしました。おめでたい紅白蕎麦でございます」

おかみが盆を運んできた。

御膳粉で打った白い蕎麦と、紅粉で色をつけた紅《あか》い蕎麦。目に鮮やかな紅白蕎麦だ。黒塗りの椀に盛られているから、いっそう蕎麦の色が引き立つ。

これにつゆを張って食す。湯桶《ゆとう》の中身はいつもは蕎麦湯だが、紅白蕎麦のときはつゆだ。

「やっぱりこれを食わねえと」

卯之吉が笑みを浮かべた。

「なら、今日は師匠は寄席で来られないけれど、そろそろ余興にいきますかい」

善太郎が十手持ちの顔を見た。

「おう」

額扇子の松蔵親分がおもむろに立ち上がった。

二

「小勝師匠の代わりをあっしが」

千次がおのれの胸を指してにやりと笑った。

「ちゃか、ちゃんりんちゃんりん、ちゃんりん……」

口三味線が始まった。

「おお、うめえうめえ」

卯之吉が囃《はや》す。

ほかの者たちも手拍子を打つなか、松蔵親分が額に扇子を載せた。

「よっ、ほっ」

両手を広げて身をうまく操る。

「いつもより長めに……あっ、しくじりました」

千次がそう言ったから、やぶ重にどっと笑いがわいた。

「しくじりは言わなくていいや」

額扇子の松蔵が苦笑いを浮かべた。

「なら、もういっぺん、親分さん」

おちかがうながした。

「おう、見てな」

松蔵親分はまた扇子を額に載せた。

「よっ、ほっ」

今度はずいぶん長く続いた。

「わあ、すごい」

おつたが思わず声をあげたほどだ。

「……お粗末さまで」

松蔵親分が扇子を手に収めると、やんやの喝采《かっさい》になった。

宴はさらに続いた。紅白蕎麦ばかりでなく、いつもの蕎麦も出た。角が立ったのど越しのいい蕎麦だ。

「父親からひと言はねえのかい」

竹馬の友の甲次郎が善太郎に言った。

「そうそう、みなさんにお礼を」

おそめも水を向けた。

「分かった。では……」

なみだ通りの元締めは座り直した。

「せがれのことでは、これまでいろいろありまして、何かと案じてまいりましたが、本日こうして……」

善太郎はここで言葉に詰まった。

いままでの苦労や心配事がよみがえってきて、思わず感極まってしまったのだ。

「おまえさん」

おそめが横から小声で言う。

善太郎は一つうなずくと、目元を指でぬぐってから続けた。

「おつたさんという願ってもない女房を迎え、せがれは晴れの場に立たせていただいております。稲荷寿司の屋台もご愛顧をいただき、どうやらこの先もやっていけそうです。これもひとえに、みなさまのお力添えの賜物《たまもの》でございます。厚く御礼申し上げます」

なみだ通りの元締めは、一礼してからさらに続けた。

「これまでのせがれはどうも波があり、悪い波に当たると気をもむばかりでしたが、今後はおつたさんと二人ですから、どうにかやっていってくれるでしょう。今後もどうかよろしゅうお願い申し上げます」

善太郎は深々と頭を下げた。

「もう大丈夫でえ」

松蔵親分が言う。

「別人みてえな顔つきだからよ」

千次も和す。

「おまえからも御礼をお言い」

おそめが水を向けた。

「ああ、分かった」

今度は小太郎が座り直した。

「しっかり」

おつたが声援を送る。

のどの具合を調《ととの》えると、小太郎はやおら話しはじめた。

「本日は……ありがたく存じました。これからも、稲荷寿司の屋台を気張ってやりますので、よろしゅうお願いいたします」

小太郎はそう言って頭を下げた。

「それで終わりか？」

「短《みじけ》えな」

屋台衆から声が飛ぶ。

「まあ、しゃべったから、許してやってください」

おそめが助け舟を出したから、やぶ重の座敷に和気が漂った。

「本所寿司のあるじからもひと言どうだい」

松蔵親分が手で示した。

「おいらですかい？」

寿助が猪口を置いた。

「元は一緒にやってたんだからよ」

と、親分。

「おんなじなみだ通りの仲間だから」

千次も言う。

「なら、ちょっとだけ」

お鉢が回ってきた寿助は、帯を一つぽんとたたいてからあいさつを始めた。

「去年の疱瘡から、悪いことが続いちまいましたが、暗《くれ》え夜のあとは、明るい朝がやってきますさ……」

寿助はそこで言葉を切った。

父の寿一を亡くしたことを思い出したのか、続けざまに瞬きをする。

「おまえさん」

おちかがやさしい声をかけた。

寿助は一つうなずいてから続けた。

「ことに明るい、めでてえことが、小太郎とおつたちゃんが一緒になったことで。これからは、おいらとおちかの本所寿司と、小太郎とおつたちゃんの稲荷寿司でここいらを盛り上げていければと思ってますさ。どうかよろしゅうお願いいたします」

寿助はそう言って一礼した。

「おう、上出来だ」

松蔵親分が白い歯を見せた。

「この先も頼むよ」

元締めの善太郎が言う。

「へい、おちかと力を合わせて気張りますんで」

寿助はそう言って女房のほうを見た。

「どうかよしなに」

本所寿司のおかみの顔で、おちかも頭を下げた。

三

祝いの宴の翌日――。

なみだ通りにまた嬉しい知らせが届いた。

幸福団子のおさちが無事、ややこを産んだのだ。

男の子だった。

母子ともにいたって元気らしい。

知らせをもたらしたのは、父親になったばかりの幸吉だった。

「おお、生まれたか。よかったな」

善太郎が笑顔で言った。

「へえ、おかげさんで。わっしもほっとしました」

気のいい元力士が胸に手をやった。

「おさちちゃんの具合は？」

おそめが気づかった。

「ほかの人より軽かったから大丈夫だと、産婆さんが言ってました」

幸吉が答えた。

「そう、それはよかった」

おそめは笑みを浮かべた。

「産後は養生しないとな」

善太郎が言う。

「当分は実家の長寿堂で養生させまさ」

と、幸吉。

「無理しないほうがいいわよ。産後の肥立ちが何よりだからね」

おそめが言った。

「へえ、養生させますんで」

幸吉は答えた。

「薬種問屋には煎じ薬がたんとあるから、何も心配はいらないわね」

おそめが笑みを浮かべた。

「なら、早く帰ってやれ」

善太郎がうながした。

「一つだけ頼みごとを伝えたら帰りまさ」

幸吉は指を一本立てた。

「何だい」

善太郎が問う。

「男の子なんで、わっしの名から『幸』の字をつけてやろうと思ったんでさ。おさちももちろん承知で」

幸吉は答えた。

「おさちちゃんの『幸』でもあるからね」

おそめが言った。

「そのとおりで。それで、そのあとに世話になった善太郎さんの『太郎』をくっつけて

『幸太郎《こうたろう》』にしようじゃないかっていう話になりまして。承知していただければと」

幸福団子のあるじが言った。

「わたしの名なんかでいいのかい」

善太郎が笑って訊いた。

「そりゃあもう。ややこが育ったら出世するようにと」

幸吉は真顔で答えた。

「とんだ出世だよ」

「長屋と屋台の世話人をやってるだけだから」

なみだ通りの元締めの夫婦が笑みを浮かべた。

「とにかく、おさちが動けるようになったら、長屋に戻ってお披露目をさせてもらいますんで」

幸吉が言った。

「ああ、楽しみに待ってるよ」

善太郎が笑顔で答えた。

「あんまり無理しないでね」

おそめが言う。

「へえ。なら、ややこのもとへ帰りまさ」

嬉しくて仕方がないという顔つきで、幸吉は言った。

四

川開きの晩になった。

人ごみで押されたりしたら事だから、おちかと寿助は本所寿司にとどまった。

寿司をつまみながら花火見物という客もいるため、注文がだいぶ入った。小太郎とおつたの稲荷寿司もそうだ。いつもより多めに仕込んだけれども、早々に売り切れた。

「おう、これで支度は整ったな」

万組のかしらの万作が言った。

「代わりに花火を見てきてやるからよ」

「寿司も酒もあるから、待つのも退屈はしねえや」

大工衆が言う。

「楽しんできてくださいましな」

おちかが笑顔で送り出した。

「へい、ありがてえこって」

万組の梅蔵《うめぞう》が軽く右手を挙げた。

「今年は倒れるなよ」

「去年は大変だったからよ」

仲間が言った。

「あれからだいぶ痩せたんで」

梅蔵は腹をぽんと一つたたいた。

去年の川開きで、心の臓に差し込みを起こして倒れ、いまは亡き道庵に命を救ってもらったことがある。あれに懲りて、その後は食べる量を控えて摂生につとめているようだ。

「なら、行ってくるぜ」

「帰りは相模屋で」

万組の大工衆はいそいそと出かけていった。

入れ替わるように、小太郎とおつたがのれんをくぐってきた。

川開きに合わせて、のれんの色を替えた。夏らしいさわやかな水色だ。ただし、もう日の暮れがたで、その色はだいぶ暗くなっている。

「おう、こっちはおおかた売り切れたぜ」

寿助が言った。

「そうかい。うちもきれいにはけたよ」

稲荷寿司の屋台のあるじは笑みを浮かべた。

「いま屋台を置いてきたので、これから花火に行こうかと」

おつたが和す。

「なら、うちの分まで見物してきて」

おちかが笑顔で言った。

「うん、ごめんね」

と、おつた。

「謝らなくったっていいさ。うちは無理できないんだから」

寿助が白い歯を見せた。

おつたがうなずく。

「なら、行ってくるわ」

小太郎が右手を挙げた。

「行ってらっしゃい」

おちかが明るく送り出した。

五

川開きの晩は長い。

花火が終わっても、人々はほうぼうで酒を呑み、その余韻を楽しむ。

なみだ通りの相模屋も花火帰りの人で一杯になった。

「巾着切りを二人捕まえたんだから上々の出来だ」

松蔵親分が言った。

「おいらが感づいたんで」

千次が自慢げにおのれの胸を指さす。

「おれらは喧嘩を止めたからよ」

万組の棟梁が言った。

「おいらが倒れちまった去年とは大違いで」

梅蔵がそう言って、こんがりと焼けた焼き握りをほおばった。

「あとはうちの普請の仕上げで」

大吉が見世の奥のほうを手で示した。

「おれらのつとめはおおかた終わったからな」

「あとは左官と畳屋で」

「もう半月もすりゃ出来上がりだぜ」

大工衆が口々に言った。

「ここの戸を開けたらすぐ離れへ行けるのは大助かりで」

おせいが指さした。

「離れでたくさん遊べるよ」

おこまが言った。

「離れはできあがったらお客さんに入ってもらうんだから」

おせいが少しあきれたような顔つきになった。

「まあのれんを出す前ならいくら遊んでもいいぞ」

と、大吉。

「その代わり、よごさないでね」

おせいがクギを刺した。

「はあい」

おこまは素直に答えた。

「で、おさよちゃんのほかにお運びは入るのかい」

万作が訊いた。

おさよはあまり遅くまで相模屋のつとめはできない。お産が近づいたらおせいも大儀になるから、運び手の段取りを進めておきたいところだった。

「風斎先生の教え子にあてがありますんで」

大吉はそう答えると、客に焼き握り茶漬けを出した。

川開きになったとはいえ、まだまだ夜は冷える。名物の焼き握り茶漬けがありがたい。

「おいらの妹でよかったら、やらせますよ」

梅蔵が手を挙げた。

「おっ、そりゃ助かりまさ」

「ぜひお願いします」

相模屋のあるじとおかみの声がそろった。

「おめえの妹は嫁に行ったんじゃなかったのかよ」

万作が言った。

「行くには行ったんですが、嫁ぎ先とそりが合わず、あっさり出戻ってきやがったんで」

梅蔵が苦笑いを浮かべた。

嫁ぎ先から出戻るのは、江戸の町ではわりとありふれた話だ。

「なら、うちのお運びでかせいでくださいまし」

おせいが乗り気で言った。

「承知で。あいつに言っときまさ」

梅蔵が答えた。

こうして、段取りがまた一つ進んだ。

六

なみだ通りに赤子の泣き声が響いた。

「よしよし、もうすぐそこだからな」

おくるみに包まれた赤子をあやしていたのは、幸福団子の幸吉だった。

「帰ってきたわね」

おさちが言った。

産後の肥立ちは良く、歩けるようになった。

今日は実家の長寿堂を出て、なみだ通りの長屋に戻るところだ。

「おっ、赤子が泣いてると思ったら」

本所寿司で仕込みをしていた寿助が出てきて言った。

「いま戻るとこで」

幸吉が嬉しそうに言う。

声を聞いて、おちかも出てきた。

「おさちさん、もう大丈夫なんですか？」

おちかが問うた。

「ええ。身に力が入るようになったんで」

おさちは笑みを浮かべた。

「ちょいと見てもいいですかい」

寿助が幸吉に言った。

「いいっすよ。抱っこしてもかまわねえんで」

気のいい元力士がおくるみを渡した。

「なら、おっことさねえように」

寿助は慎重におくるみを抱いた。

「わあ、目元がおさちさんにそっくり」

覗きこんだおちかが言った。

「わっしに似なくてよかったっす」

幸吉が笑った。

「なら、風邪引かせたら大変だから」

寿助がおくるみを返した。

「へい、またゆっくり」

幸吉が笑みを浮かべた。

本所寿司をあとにした二人は、善太郎とおそめの長屋に戻った。

小太郎も稲荷寿司の仕込みを始めていた。ここでまた赤子のお披露目になった。

「名をいただいた幸太郎でさ」

今度は善太郎におくるみを渡して、幸吉が言った。

「おお、さすがに重いね」

赤子を抱っこした善太郎が言った。

「産婆さんもそう言ってました。さすがはお相撲さんの子だって」

おさちが言った。

「なら、二代目幸ノ花ね」

と、おそめ。

「そりゃ、まだだいぶ先の話で」

幸吉が言う。

「おとっつぁんが果たせなかった関取になったりしたら、さぞかし胸が熱くなるだろうよ」

なみだ通りの元締めが言った。

「もしそうなったら……」

幸吉はにわかに言葉に詰まった。

「泣くことないじゃないの、おまえさん」

おさちが言う。

「いや、つい、思い浮かべちまって」

幸吉は照れたように目元に指をやった。

ここで小太郎とおつたも出てきた。

代わるがわるに抱っこしてあやす。

「ちょっとおねむみたい。……はい、おっかさんのところへお戻り」

おつたはおさちに赤子を返した。

「よしよし、あとでお乳をあげるからね」

母の顔でおさちが言った。

「団子の屋台はいつからまた出すんですかい?」

小太郎が幸吉に問うた。

「いきなり屋台だとおさちが大変なんで、もうちょっと様子を見てから」

幸吉は答えた。

「急ぐことはないやね」

善太郎が言った。

「屋台をやってるあいだ、幸太郎ちゃんはどうするんです?」

おつたがたずねた。

「わっしがおんぶ紐《ひも》をして、団子を焼きまさ」

幸吉は身ぶりをまじえた。

「わたしはわらべの相手と勘定を」

おさちが笑みを浮かべる。

「わっしは勘定が苦手だから」

幸吉が髷に手をやったから、なみだ通りの元締めの長屋に和気が漂った。

七

醬油が焦げるいい香りが漂ってくる。

久しぶりに幸吉が団子を焼いていた。

もっとも、通りに出す屋台ではなかった。おさちはまだ幸太郎の世話をしがてら長屋で産後の養生をしている。そのあいだ、幸吉は稽古を兼ねて御礼の団子を焼くことにした。

「ほうぼうへ配るの？」

おそめがたずねた。

「へい。本所寿司を皮切りに、浦風《うらかぜ》部屋とか診療所とか、産婆さんのところとか、いろいろ考えてまさ」

手を動かしながら、幸吉が答えた。

「そりゃあ、みな喜ぶよ」

善太郎が笑みを浮かべた。

香りに釣られて、庄兵衛が出てきた。

「おっ、試し焼きかい？」

そう声をかける。

「相撲も団子も稽古なんで」

元力士が笑って答えた。

「なら、一本くんな」

庄兵衛が言った。

「仕込み代は祝いにうちから出したから、ただでいいよ」

なみだ通りの元締めが言う。

「ありがてえこって」

幸吉が頭を下げた。

焼き団子が庄兵衛の手に渡った。

さっそくほお張る。

「変わらぬ味だな。ほっとするよ」

庄兵衛が満足げに言った。

「あとでみたらしもつくりますんで」

と、幸吉。

「なら、本所寿司へ持って行くときに一緒に」

おそめが言った。

「承知しました。うちの部屋へ持っていく分もつくりまさ」

幸福団子のあるじがいい声で答えた。

そのうち、小太郎とおつたも出てきた。

さっそく舌だめしになる。

「ああ、相変わらずうめえ」

小太郎が笑顔で言った。

「ほんと、おいしい」

おつたも和す。

「幸福団子がまた出たら、にぎやかになるね」

善太郎が言った。

「うちからいちばん近い、お隣の屋台ですね。どうかよしなに」

おつたが幸吉に言った。

「こちらこそ、よろしゅうに」

元相撲取りが頭を下げた。

八

経木の箱に焼き団子とみたらし団子が詰まった。

重そうな風呂敷包みを提げて、幸吉が歩きだす。

「行ってらっしゃい」

幸太郎を抱っこしたおさちが見送った。

「ああ、行ってくるよ。あっという間になくなっちまうだろうけど」

幸吉が答えた。

「相撲取りは食うからな。気をつけて」

善太郎が声をかけた。

「なら、先にこれだけ」

おそめが鉢を運びだした。

まずは昆布豆だ。これに続く高野豆腐や胡麻和えなどは善太郎が運ぶ段取りだ。

ほどなく、本所寿司に着いた。

今日は中食があった。小鰭の握り寿司の桶に吸い物をつけた膳は、好評のうちに売り切れた。

握りにちらしに押し。どの寿司もうまい、とはもっぱらの評判だ。

「団子の差し入れで」

幸吉が小ぶりの包みを渡した。

「まあ、ありがたく存じます」

おちかが笑顔で受け取った。

「ちょうどいま中休みなんで、まかないにいただきまさ」

寿助が白い歯を見せた。

「なら、わっしは部屋へ行ってきますんで。ついでに、若い衆に胸を出しに」

幸吉が大きな包みをつかんだ。

「まだ稽古をつけてるんですか」

おちかが驚いたように訊いた。

「ひざが悪くても、胸を出す稽古はできるんで。まだまだ力はありますよ」

幸吉は笑って太い二の腕をたたいた。

「わたしはいったん長屋へ戻るので」

おそめが言った。

「ご苦労さまでございます」

「またよしなに」

本所寿司の二人が労をねぎらった。

二幕目を始める前に、お茶をいれて団子を食べた。

「なみだ通りに名物が戻ってくるな」

焼き団子を一本うまそうに食してから、寿助が言った。

「ほんと、みたらしも餡がいい塩梅で」

おちかも笑みを浮かべた。

「これを食ってりゃ、ややこが無事生まれるさ」

と、寿助。

「ほうぼうの神さま仏さまにお願いしてるしね」

おちかはそう言って、残りのみたらし団子を胃の腑に落とした。

「今度こそだ」

寿助の声に力がこもった。

「ええ」

短く答えると、おちかはそっと帯にさわった。

終章　虹の色

一

「はいはい、お団子焼きたてよ」

なみだ通りに幸福団子の屋台が帰ってきた。

わらべたちに明るい声をかけたのは、おさちだった。

「みたらしもあるからね」

手を動かしながら幸吉が言った。

頑丈なおんぶ紐で背負われて、幸太郎が寝息を立てていた。親子三人での新たな船出だ。

「うん、おいら一本ずつ」

「おいらも」

元気よく手が挙がった。

「わたしはあっちも食べたいから」

女のわらべが稲荷寿司の屋台のほうを手で示した。

おさちは赤子がぐずったら世話をしなければならない。そのときに助っ人もできるように、小太郎とおつたの稲荷寿司の屋台は目と鼻の先に出すことにした。屋台が二つ出ると、なみだ通りは急ににぎやかになった。

「ありがとよ」

小太郎がすかさず言う。

「待ってるから」

おつたも和す。

「うん。あとで行く」

かわいい声が返ってきた。

「わあ、やっぱりうんめえ」

真っ先に焼き団子を食したわらべが声をあげた。

「おいらはみたらしからいくぞ」

べつのわらべが言う。

その声に驚いたのか、幸太郎が急に目をさまして泣きだした。

「おお、よしよし」

幸吉があわててあやす。

「お乳がほしいのかも」

おさちが言った。

「なら、頼むよ。わっしはあげられねえから」

幸吉は赤子を大事そうに抱えた。

「お稲荷さん、いま運ぶんで」

それを見ていたおつたが声をかけた。

「おいらも一つ」

わらべが指を一本立てる。

「おいらも」

こちらも大人気だ。

「よし、助っ人だ」

小太郎も動いた。

おつたと二人で皿に載せた稲荷寿司を運び、三人のわらべに渡す。おさちは幸太郎をつれていったん長屋へ戻った。

「おっといけねえ、焦がすとこだった」

幸吉が団子焼きに戻った。

「おいらは戻るよ」

小太郎がおつたに言った。

「はいよ」

おつたが小気味よく答える。

「ああ、おいしい」

稲荷寿司を食した女のわらべが、満面に笑みを浮かべた。

「こっちもうんめえ」

「団子も稲荷寿司もうめえ」

わらべたちはみな笑顔だ。

「なみだ通りはおいしいものばかりだから」

おつたが言った。

「いくらでも食ってけよ」

幸吉がそう言って、串に刺した団子を裏返した。

「もう胃の腑に入らねえよ」

「わたしもおなかいっぱい」

「銭もねえから」

わらべたちが答える。

「無理しないでいいわよ」

勘定の助っ人で残っているおつたが笑みを浮かべた。

わらべたちが勘定を済ませて去ったあと、ほどなくしておさちが幸太郎とともに戻ってきた。

「ありがとう、おつたちゃん」

おさちがまず礼を言った。

「いえいえ、泣きやんだみたいですね」

おつたが笑みを浮かべた。

「お乳をやっておしめを替えたら、急に機嫌が良くなって」

おさちが答えた。

ここで次の客が来た。

「いらっしゃい」

幸吉が気の入った声を発した。

「何にいたしましょう」

おさちが和す。

幸福団子のにぎわいはその後も続いた。

二

本所寿司は二幕目に入っていた。

一枚板の席に座っているのは、中園風斎と元締めの善太郎だった。おそめは惣菜を運び終えて長屋に戻っている。

「相模屋の普請は終わって、近々お披露目のようですね」

風斎がそう言って、鮎《あゆ》の甘露煮《かんろに》寿司を口に運んだ。

鮎を素焼きにし、ことことと時をかけて煮た甘露煮を寿司にした寿助自慢のひと品だ。

「おさよちゃんのほかにも、風斎先生の教え子が手伝いに入ると聞きましたが」

善太郎が言った。

「ええ。明るい子なので、張り切ってやってくれるでしょう。……それにしても、このお寿司はおいしいですね」

風斎が寿助に言った。

「ありがたく存じます。手間暇をかけてますんで」

本所寿司のあるじが笑みを浮かべた。

「たくさんできないので、中食ではお出しできませんけれど」

おちかが言った。

「いい日に来ましたね、先生」

善太郎が言った。

「まったくです。おいしいお寿司をいただくと、身の内に灯りがともったような心地になります」

風斎はそう言うと、茶をうまそうに啜った。

今日は寺子屋は休みだ。ほうぼうの書肆《しょし》をたずねて書物を買いこんだ帰りで、これから書見をするから酒は呑まない。

「さすがは、風斎先生。いいことをおっしゃいますね」

おちかが感心の面持ちでうなずいた。

「これからも、一つ一つていねいに灯りをともしていきますよ」

寿助が厨から言った。

「その意気です」

と、風斎。

「すっかり寿司屋のあるじの顔になったねえ」

善太郎が言った。

「相模屋の普請が終わったので、これからはしばらく寿司屋一本で」

寿助が答えた。

「本所寿司の看板を出しているのだから、本所一の寿司屋にならないとね」

風斎が励ました。

「いやあ、本所には与兵衛鮨がありますから、とてもとても」

寿助は謙遜して言った。

「向こうは江戸一だから。うちは小さく本所一」

おちかが小さな輪をつくってみせたから、本所寿司に和気が漂った。

三

相模屋が貸し切りになった。

普請が滞りなく終わり、いい香りのする畳が入った。

引き戸を一つ開けると、空き家になった隣とうまくつなげた別棟になる。当初は離れとも呼んでいたが、つながっているから今後は「奥」と呼ぶことになった。

その「奥」の座敷に尾頭付きの鯛が並んだ。

今日はお披露目を兼ねた祝いの宴だ。なみだ通りの元締めや屋台衆、普請を手がけた万組の大工衆、力を貸した寿助とおちかなど、ゆかりの者たちが次々に集まってきた。

額扇子の松蔵親分と線香の千次、三遊亭圓生と小勝、余興を担う者たちも顔を見せ、ひとわたり役者がそろった。

「握りもどんどん焼きますんで」

大吉が言った。

相模屋には欠かせない焼き握りだ。

「おう、持ってきてくんな」

松蔵親分が身ぶりをまじえた。

「今日は食うやつがいるから」

卯之吉が幸吉のほうを手で示した。

「いや、ほどほどにしますんで」

そう答えた幸吉は、赤子を抱っこしていた。

相模屋ばかりではない。今日は幸太郎のお披露目でもあった。

むろん、おさちも横に控えている。

今年一緒になったばかりの小太郎とおつた、秋口には子が生まれるおちかと相模屋のおかみのおせい、なみだ通りはめでたいことばかりだ。

料理は次々に出た。

甲次郎も手伝って、海老天を揚げる。焼き握りとともに大皿で供されたから、一同から思わず歓声がわいた。

「豪儀だな」

卯之吉が笑みを浮かべた。

「助けてもらったんで」

大吉が甲次郎を立てた。

「お安い御用で」

天麩羅の屋台のあるじが白い歯を見せた。

「うちの妹、こきつかってもらってもかまいませんので」

万組の梅蔵が酒のお代わりを運んできた女を手で示した。

名をおしづという。

兄と同じく、わりかた体格のいい女だ。

「今日は習いごとで休みだけど、おさよちゃんと二人、交替で入ってもらえたら安んじてお産ができるわ」

おせいが言った。

「風斎先生の教え子さんも入るそうだね」

善太郎が言う。

「ええ。おみつちゃんっていう子で、まだ顔つなぎだけですけど、気張ってやってくれそうです」

相模屋のおかみが答えた。

「それなら相模屋も安泰だ」

松蔵親分が太鼓判を捺した。

大吉が銚釐《ちろり》を盆に載せて運んできた。

「屋台の煮売り屋から始めて、こんな立派な見世になって偉いもんだな」

善太郎が声をかけた。

「いやいや、これからなんで」

大吉がそう言ってまず元締めに酒をついだ。

「そうかと思えば、見世から屋台に鞍替《くらが》えして繁盛してる稲荷寿司もあるからね」

庄兵衛が小太郎の顔を見た。

「泪寿司をやってるころは、一枚板の席にお客さんが座るたびに胸がきやきやしたりしてましたが、屋台にお客さんが来てくれるとほんとに嬉しくて」

小太郎が晴れ晴れとした顔で答えた。

「また屋根付きの見世にしたけりゃ、おれらがすぐ建ててやるからよ」

万組の棟梁が笑みを浮かべた。

「おれらはやることが早《はえ》えから」

「早えだけじゃなくて、どこもかしこも頑丈でよ」

「ちょっとやそっとじゃ壊れねえから」

だいぶ顔が赤くなってきた大工衆がさえずる。

焼き鯛に天麩羅に焼き握り、料理はだんだん残り少なくなってきた。

締めには暑気払いの素麺を出すが、まだ間がある。つなぎに枝豆と冷奴が出た。それを肴に、さらに酒が進む。だんだん宴もたけなわとなってきた。

「えー、ではこのへんで余興に移りましょうか」

善太郎が両手を打ち鳴らした。

「よっ、待ってました」

小勝が拍子木みたいな恰好で手を打った。

お披露目の宴は二幕目に入った。

四

「なら、今日は早めに終わりで」

松蔵親分が扇子を閉じた。

いささか物足りなさそうな顔つきだ。

「泣く子と地頭には勝てぬと言いますからね」

善太郎が笑った。

いつもの額扇子の芸を始めたのだが、怖かったのかどうか、赤子が火がついたように泣きだしてしまった。

これでは続けるわけにはいかない。せっかくの芸は早々に終《しま》いになった。

「はいはい、もう大丈夫だから」

厨のほうからおさちの声が聞こえる。

「ほうら、おとっつぁんだぞ」

幸吉があやす声も響いてきた。

「なら、仕切り直しで、前座の謎かけだな」

圓生が弟子のほうを見た。

「へい、なら……」

小勝が座り直す。

「相模屋さんのこのたびの普請にかけまして、きれいな娘さんの人形と解きます」

「そのココロは？」

「大事に愛でたい（めでたい）でしょう」

小勝は笑顔で答えた。

「きれいですね」

おちかがまず言った。

「さすがは小勝師匠、ありがたく存じます」

おせいが礼を言った。

みなには好評だったが、師匠の判じは厳しかった。

「このたびも梅の中だね」

圓生は苦笑いを浮かべた。

「次は梅の上に上がれるようにしますんで」

弟子が頭を下げた。

「松と竹を目指さなきゃな」

圓生が渋い顔で言った。

その圓生も芸を披露した。

得意の動物の鳴き真似の芸を身ぶりをまじえて演じると、相模屋の座敷は爆笑の渦に包まれた。

「……おあとがよろしいようで」

圓生が一礼した。

「さすがは師匠」

「江戸のほまれ」

「生き神様」

大工衆から声が飛んだ。

「神様にしないでくださいまし」

圓生があわてて言った。

「まだ生きてますから」

小勝が調子よく和す。

「なら、このたびのトリは発句で」

善太郎が庄兵衛のほうを手で示した。

「ちと荷が重いですが」

かねて段取りを聞いていた俳諧師東西がやおら立ち上がった。

披露されたのは、こんな発句だった。

名はなみだ　されど笑顔の夏通り

「これからも、笑顔の花が咲くわね」

おそめが言った。

「続けざまにややこが生まれるからな」

松蔵親分がそう言って、猪口の酒を呑み干した。

「ときどき動いたりしますので」

おちかが言った。

「早く出たがってるんだ」

と、卯之吉。

「また次の休みには回向院へ安産のお願いにと」

寿助が告げた。

「くどいほどやっといたほうがいいぜ」

万作が言った。

「へい、そのつもりです」

寿助は引き締まった表情で答えた。

五

本日おやすみです
またのおこしを
本所寿司

見世の前に、そんな貼り紙が出た。

せっかくの休みなのに、朝のうちは雨だった。

しかし、どうにか上がってくれた。念のために寿助が傘を提げ、本所寿司の夫婦は回向院のほうへ向かった。

「水たまりがあるから、気をつけな」

寿助が前方を指さした。

「うん。こけたりしたら大変だから」

おちかはそう答え、慎重に歩を進めた。

回向院が近づいたとき、向こうから一人の女が近づいてきた。

「おや、あれは?」

寿助が言った。

「おせいさんかも」

おちかが軽く首をかしげた。

向こうも気づいた。

やはり、相模屋のおかみだった。

「お参りの帰りで」

おせいが笑みを浮かべた。

「こっちはこれから」

寿助が答える。

「ゆっくりお参りしてきます」

おちかが和した。

「うちは見世があるから、お先に帰りますよ」

相模屋のおかみが言った。

「お気をつけて」

「そちらもね」

まもなくお産になる二人の女が声を掛け合った。

回向院でのお祈りは、ついつい長くなった。

いちばんの願いごとはむろん安産だが、商売繁盛から無病息災まで、お願いしたいことはたんとあった。

「あっ」

おちかが合わせていた両手を放した。

「動いたか」

それと察して、寿助が言った。

「うん。ぴくっと」

おちかは帯に手をやった。

「待ってな。おとっつぁんは支度ができてるからな」

まだ見ぬ子に向かって、寿助が声をかけた。

六

回向院を出ると晴れ間が覗いた。

「もう降りそうもないな」

寿助が提げていた傘を少しかざした。

「どこかへ寄っていく？」

おちかが水を向けた。

「そうだな。両国橋の東詰に寄っていくか」

寿助が答えた。

「暑くなってきたから、ところてんでも食べたい」

おちかが言った。

「ああ、いいな。ところてんを出す茶見世なら知ってるから」

寿助は笑みを浮かべた。

しばらく進むと、見知った顔に出会った。

友部季丸だ。

真剣なまなざしで似面の筆を動かしている。描いているのは、ひとかどの見世のあるじとおぼしい恰好の男で、光沢のある結城紬《ゆうきつむぎ》をまとっていた。

ややあって、似面ができあがった。

「おお、これはいい出来だね」

客が満足げに言った。

「そっくりでございます、旦那さま」

お付きの若い者が追従《ついしょう》もまじえて言う。

「大した腕だ。……これは割増で」

客は巾着から似面代を多めに取り出して渡した。

「これはこれは、ありがたく存じます。助かります」

季丸はうやうやしく受け取った。

客が去ってから本所寿司の二人が近づくと、絵師はすぐ気づいてくれた。

「雨は上がりましたね」

絵師が笑みを浮かべた。

ほおがふっくらしてきている。本所寿司の前で倒れたときとは大違いだ。

「ありがてえこって。これからところてんでも食おうかと」

寿助が身ぶりをまじえた。

「いいですね。ややこが生まれたら、なかなか来られませんから」

季丸は笑顔で言った。

「ゆっくり味わってきます」

おちかが笑みを浮かべた。

茶見世はさほど混《こ》んでいなかった。寿助とおちかは、外の通りが見える座敷に座った。

どちらも頼んだのは、冷たい麦湯とところてんだった。

「蒸す日には、これがいちばんだな」

寿助が笑みを浮かべた。

「こうやって、つるっと出てきてくれたら助かるんだけど」

おちかがそう言ってところてんを口に運んだ。

「これだけは代わってやれねえからな」

寿助も続く。

「でも、おなかが大きくなるにつれて、肚《はら》は据わってきたから。もう産むしかないって」

と、おちか。

「そうだな。気張ってくれ」

思いをこめて、寿助が言った。

「うん、気張らないと生まれてくれないから」

おちかは笑みを浮かべた。

「その意気だ」

寿助は笑みを返した。

七

「あっ」

見世を出るなり、おちかが空を指さした。

「おお」

寿助も声をあげる。

雨上がりの江戸の空に、きれいな虹がかかっていた。

空にいる神か仏が巧みにこしらえたかのような虹だ。

「橋からだと、もっときれいに見えるな」

寿助がそちらのほうを手で示した。

「上りは大儀だから、あんまり先まではいけないけど」

おちかはそう言って、だいぶ大きくなってきたおなかに手をやった。

「少しでいいよ」

寿助は白い歯を見せた。

どこも欠けるところのない虹をながめる者は、ほかにもいた。

「ありがてえな」

なかには手を合わせる者もいる。

「おとっつぁんはあの向こうにいるんだな」

寿助がぽつりと言った。

「寿吉もいるよ」

おちかは、いまは木彫りの仏像になっている最初の子の名を出した。

「そうだな。おとっつぁんに抱っこしてもらってるさ」

寿助はちらりと目元に指をやった。

しばらくは二人とも無言で歩いた。

「このあたりでいいだろう」

おちかを気づかって、寿助が歩みを止めた。

「うん。ここからでも、よく見える」

おちかが瞬きをした。

「おなかのややこにも見せてやんな」

やさしい声で、寿助が言った。

「ほら、虹よ。きれいね」

おちかは帯に手をやった。

それに応えるかのように、またぴくりとややこが動いた。

「見えたって」

おちかは寿助に言った。

「そのうち、ほんとに見えるぞ」

寿助は笑みを浮かべた。

「もうじきね」

笑みを返すと、おちかはまた空を見上げた。

いくぶん薄くはなってきたが、虹はまだそこにとどまっていた。

おちかは忘れるまいと思った。

ややこが生まれる前に見た、この美しい虹の色を。

［参考文献一覧］

『復元・江戸情報地図』（朝日新聞社）
日置英剛編『新国史大年表　第五巻-II』（国書刊行会）
今井金吾校訂『定本武江年表』（ちくま学芸文庫）
喜田川守貞著、宇佐美英機校訂『近世風俗志』（岩波文庫）
飯野亮一『すし　天ぷら　蕎麦　うなぎ』（ちくま学芸文庫）
三谷一馬『江戸商売図絵』（中公文庫）
田中博敏『旬ごはんとごはんがわり』（柴田書店）
『人気の日本料理２　一流板前が手ほどきする春夏秋冬の日本料理』（世界文化社）
鈴木登紀子『手作り和食工房』（グラフ社）

（ウェブサイト）
村岡祥次「日本食文化の醤油を知る」

江戸ガイド

田中裕士「元祖握りずし　両国に華屋与兵衛の跡を訪ねる」

光文社文庫

文庫書下ろし／長編時代小説

本所《ほんじょ》寿《す》司《し》人情《にんじょう》　夢《ゆめ》屋《や》台《たい》なみだ通《どお》り㈣

著　者　倉《くら》阪《さか》鬼《き》一《いち》郎《ろう》

2022年3月20日　初版1刷発行

発行者　鈴　木　広　和
印　刷　新　藤　慶　昌　堂
製　本　ナショナル製本

発行所　株式会社　光　文　社
〒112-8011　東京都文京区音羽1-16-6
電話（03）5395-8149　編　集　部
8116　書籍販売部
8125　業　務　部

落丁本・乱丁本は業務部にご連絡くだされば、お取替えいたします。
ISBN978-4-334-79329-6　Printed in Japan

組版　萩原印刷

光文社時代小説文庫　好評既刊

鶴八鶴次郎　川口松太郎
人情馬鹿物語　川口松太郎
江戸の美食　菊池仁編
鎌倉殿争乱　菊池仁編
戦国十二刻終わりのとき　木下昌輝
両国の神隠し　喜安幸夫
贖罪の女　喜安幸夫
千住の夜討　喜安幸夫
狂言潰し　喜安幸夫
知らぬが良策　喜安幸夫
裏走りの夜　喜安幸夫
稲妻の侠　喜安幸夫
ためらい始末　喜安幸夫
消せぬ宿命　喜安幸夫
両国橋慕情　喜安幸夫
縁結びの罠　喜安幸夫
身代わりの娘　喜安幸夫

最後の夜　喜安幸夫
旅路の果てに　喜安幸夫
潮騒の町　喜安幸夫
魚籃坂の成敗　喜安幸夫
ようこそ夢屋へ　倉阪鬼一郎
まぼろしのコロッケ　倉阪鬼一郎
母恋わんたん　倉阪鬼一郎
花たまご情話　倉阪鬼一郎
桑の実が熟れる頃　倉阪鬼一郎
ふたたびの光　倉阪鬼一郎
ゆめかない膳　倉阪鬼一郎
よこはま象山揚げ　倉阪鬼一郎
慶応えびふらい　倉阪鬼一郎
夢の帆は永遠に　倉阪鬼一郎
夢屋台なみだ通り　倉阪鬼一郎
幸福団子　倉阪鬼一郎
陽はまた昇る　倉阪鬼一郎

光文社文庫

文庫書下ろし／長編時代小説

永代橋
隅田川御用日記（二）

藤原緋沙子

光　文　社

この作品は光文社文庫のために書下ろされました。

目次

伝通院
小石川
白山
神明宮
中山道
駒込
小石川御門
水戸徳川家
春日町
水道橋
千駄木
御林
駒込追分
加賀前田家
本郷
藍染川
道灌山
日暮里
霊雲寺
湯島聖堂
湯島天神
神田大明神
茅町
池之端仲町
不忍池
弁天
妻恋坂
東叡山寛永寺
根岸
谷中本村
下谷広小路
外神田
下谷長者町
下谷金杉町
御徒町
下谷の御徒組屋敷
下谷山崎町
向柳原
三味線堀
広徳寺
新寺町
幡随院
下谷竜泉寺町
元鳥越町
甚内橋
玉王寺
阿部川町
千住大橋
新吉原
鳥越橋
御蔵前片町
新堀川
日本堤
新旅籠町
東本願寺
御蔵前通り
御蔵前
浅草寺
小塚原
首尾の松
御米蔵
諏訪町
三間町
田原町
浅草広小路
山谷町
御厩河岸之渡し
新鳥越町
新鳥越橋
白河藩お抱えの道場「一心館」
材木町
雷門
花川戸町
聖天町
山谷堀
待乳山聖天宮
浅草駒形堂
竹町之渡し
吾妻橋
今戸橋
今戸町
隅田川
白鬚之渡し
至鐘ヶ淵・綾瀬川→
源森橋
竹屋之渡し
向島墨堤
北割下水
瓦町
中之郷
源森川
小梅村
三囲稲荷
長命寺
諏訪明神
木母寺
隅田村
向島百花園
向島
法恩寺橋
業平橋
須崎村
寺島村
小梅村
柳島村
押上村
天神橋
十間川
亀戸天神